AF131777

LA SAGESSE

DU

GUERRIER DE LA LUMIÈRE

FSC

www.fsc.org

MIXTE

Papier issu
de sources
responsables
Paper from
responsible sources

FSC® C105338

LA SAGESSE

DU

GUERRIER DE LA LUMIÈRE

Guy-Noël AUBRY

Édition : BoD – Books on Demand
12/14 rond-point des Champs-Élysées, 75008 Paris
Impression : BoD - Books on Demand, Norderstedt,
Allemagne
ISBN : 9782322242948
Dépôt légal : Septembre 2020

Ce livre est dédié à tous les hommes courageux et à toutes les femmes courageuses qui marchent sur cette terre, avec le désir profond d'être vrais avec eux et le monde, de faire le bien, et d'être en paix avec eux-mêmes.

Le combat commence en soi-même…

Avant – Propos

Ce livre est un hommage au livre de Paulo Coelho *Manuel du Guerrier de la lumière*. J'ai lu ce livre étant jeune et j'ai beaucoup apprécié la grandeur d'âme qui émanait du Guerrier.

Les expériences de la vie, les longues méditations et l'étude m'ont amené à trouver mon propre chemin et avoir une vision parfois différente de celle que j'avais jeune. Et si dans l'ensemble, je reste d'accord sur ce que disait le guerrier, je pense qu'une autre lumière de sagesse brillant dans ce monde sera la bienvenue.

Une autre perle trouvée dans l'océan de nos cœurs, exposée à la vue des hommes (qui cherchent la sagesse) et versée au trésor de la sagesse de l'humanité est une bonne chose.

Ainsi, un autre Guerrier de la lumière n'est pas de trop en ce monde et il en faudrait bien d'autres.

Les histoires de ce livre inspirantes, drôles ou intrigantes sont pour la plupart inédites. Certaines toutefois bien que connues de quelques-uns ont été reprises pour leur beauté et leur richesse.

Dans une première lecture, il peut apparaître au lecteur une certaine forme de désordre. Ce désordre est à l'image d'une vie d'aventure quand on est un Guerrier de la lumière.

Que le lecteur ne se mette donc pas en peine de chercher un ordre particulier à ces histoires. Il n'y a pas de lien entre elles hormis la première, la dernière et l'avant-dernière.

Dans mon intention fraternelle, j'ai conçu ce recueil d'histoires et le présente, comme un ami qui offre à un autre une boîte de friandises dont il ne voit pas le fond et lui demande d'y plonger sa main, en se confiant au hasard. Quand il y met la main, il remonte tantôt un chocolat, tantôt un bonbon, ou un nougat ou encore autre chose…

Enfin, ce livre est métaphorique La puissance d'un livre dépend plus de celui qui le lit que de celui qui l'écrit.

Le sage peut tirer sa substance de peu de choses tandis que l'ignorant devant l'abondance peut demeurer affamé.

Pour qu'un livre instruise un lecteur, l'améliore, le pénètre, il faut que ce lecteur maîtrise quelque peu les matières qu'il contient ou au moins qu'il ait le désir de les maîtriser.

L'épée du Guerrier représente par exemple son plus grand talent. Pour l'un ce sera d'enseigner, pour l'autre de soigner ou prendre soin des autres, un autre encore aura la joie facile qu'il pourra donner en partage...

Le bouclier est sa capacité à encaisser les coups, sa résilience. Les chaussures du Guerrier sont son assise au sol et donc ses principes de vie, les valeurs auxquelles il croit et pour lesquelles il se bat. Cela peut être la famille, l'amour, la justice, Dieu, la paix, la sagesse... Les combats qu'il livre ne sont pas tous physiques, ils peuvent être émotionnels ou spirituels.

De tout ce qui précède, le lecteur peut en déduire qu'il ne suffit pas de lire ce livre au premier niveau pour en tirer un bénéfice, mais qu'il tirera un meilleur profit en le lisant à trois niveaux.

Le niveau descriptif, le niveau métaphorique et le niveau implicatif (c'est-à-dire, comment mettre en œuvre cette idée ou ce concept dans ma vie).

Le plus profitable pour le lecteur et la lectrice, ce sont les ponts qu'il établira entre ce qu'il lit et sa vie concrète.

Le but ultime de la connaissance n'est pas d'être accumulée, mais bien d'être libérée et utilisée pour amener une évolution, une transformation ; tel est le but ultime de la connaissance.

Note supplémentaire :

Si, au départ, j'avais en tête un livre pour adultes, plusieurs personnes ayant participé à son enrichissement et à sa correction ont trouvé qu'il serait aussi très intéressant pour des adolescents, et même pour des enfants.

Il faudrait seulement que les parents accompagnent les plus jeunes et les aident à comprendre la morale de chaque histoire. Ils pourraient ainsi en tirer une leçon pour les situations auxquelles ils seront confrontés, dans leur vie quotidienne (famille et école).

Avec des adolescents, notamment, ce livre peut être un support de discussions entre parents et ados. Il servirait alors d'interface à partir de laquelle échanger à propos de situations-problèmes, ce qui aurait été plus difficile d'amorcer sinon.

Je n'y avais pas pensé, mais je trouve l'idée excellente. C'est donc avec plaisir que je dédicace *aussi* ce livre *aux enfants* et *aux jeunes* qui souhaitent ressembler au guerrier de la lumière, qu'ils soient garçons ou filles ; car la bravoure, la grandeur d'âme et l'intelligence ne sont pas l'apanage de l'un ou de l'autre, mais appartiennent aux deux.

Je dédie aussi ce livre aux enfants, aux jeunes, et à ceux qui souhaitent ressembler au guerrier de la lumière

Bonnes et belles lectures, belles méditations et belles discussions ...

A bientôt,

Guy-Noël AUBRY

Introduction

Le plus grand livre de Sagesse du monde est ouvert sous les yeux de chaque homme. Il a été écrit par le plus grand de tous les sages, Dieu.

Les hommes, les arbres, les animaux, les situations sans nombre qu'il renferme sont autant de phrases et de paragraphes assemblés devant lui. Celui qui n'a pas suffisamment exercé son intelligence ne comprend pas ces choses. Il ne saisit pas que tout est là exposé sous ses yeux et que les situations qui s'y déploient sont autant de leçons de sagesse.

Rares sont ceux qui entreprennent de comprendre ce livre, et plus rares encore ceux qui persévèrent dans cette étude, car tous, ou presque, sont affairés. Ils courent après le temps, ils courent après l'argent, ils courent après les honneurs, ils courent sans fin… ne comprenant pas que leur course est perdue d'avance… Aussi passent-ils toute leur vie à courir jusqu'à ce que leurs forces les quittent… Ceux qui sont vraiment puissants sont maîtres de leur temps…

Inversement, celui qui a exercé son cœur à se dégager des soucis et des peurs est devenu maître de lui-même. Il traverse cette Terre comme on traverse un jardin. Admirable jardin que celui-ci. L'œil innocent et candide le perçoit dans sa pureté. Il entend une merveilleuse mélodie que seule une oreille attentive perçoit et comprend. Par son esprit libéré, il embrasse l'immensité du monde et sa diversité. Il entre en harmonie avec le monde et la nature. Il comprend aussi bien la rivière qui chante que celui qui pleure sans dire un mot. Il comprend l'Œuvre dans son ensemble, il est en paix.

Et tandis qu'il repose ainsi dans la quiétude, l'âme en paix, une mélodie parvient à ses oreilles ; une voix lui murmure : *montre la voie à tes frères…*

Soyez
rusés comme des serpents
et
purs
comme
des colombes

(S. Matthieu 10,16)

1) Le Combat avec le Maître ou la nécessité d'affronter ses peurs

- *Viens immédiatement*, ordonne le Maître. *Prends ton épée et ton équipement de combat.*

Un maître a formé le Guerrier. Pendant trois longues années, il lui a appris tous ses coups. Voici qu'il propose au guerrier de la lumière un dernier combat, un combat jusqu'à la mort !

Le Guerrier se rappelle comment il se pensait fort au premier jour et comment le maître aurait pu 100 fois le tuer, lorsqu'ils se sont rencontrés la première fois.

- *Je refuse* dit le Guerrier, *tu risques de me tuer.*
- *L'homme que tu étais n'est plus ! Et l'homme que tu seras n'est pas encore… Il ne le sera jamais si tu n'affrontes pas tes peurs.*

Le guerrier réfléchit et se dit que le maître aurait pu le tuer facilement pendant son sommeil la nuit précédente si telle était son intention.

Le combat s'engage tendu, incertain. Les coups se multiplient. Ils pleuvent rapides et surprenants. D'un bond, aussi vif que celui du Cobra, le maître est sur sa gauche, le guerrier pare l'attaque in extremis. D'une rotation, il est maintenant sur sa droite, le guerrier d'un glissement rapide, sort de l'axe de frappe, saisit cette brève rupture du mouvement adverse, met à profit la minuscule ouverture de la garde adverse et le blesse à la main, l'épée tombe.

Celui qui auparavant lui apprenait tout de l'art du combat est maintenant à sa merci. Enfin, le Guerrier le croit-il !

Surprise ! le maître sort de son pectoral une épée plus courte et plus adaptée au combat rapproché.

Maintenant c'est au guerrier d'être en difficulté. Il ne s'attendait pas à une telle ressource. Le voici encombré par son épée devenue trop longue. Il recule, son adversaire le poursuit, sa lame manque de peu sa joue gauche, puis sa joue droite.

Le Guerrier n'arrive pas à placer son épée entre lui et l'assaillant sur une distance aussi courte. Il sait que son maître est droitier et qu'il est moins habile et moins fort de sa main gauche, celle qui tient la petite lame, pourtant il semble tout aussi habile qu'auparavant. Le guerrier comprend, c'est l'énergie du désespoir.

Sans réfléchir, il frappe durement le pied du maître de la pointe de l'épée. Cette tactique imprévue surprend le maître qui est beaucoup moins rapide dans ses déplacements. Le guerrier jaillit de côté et pique l'autre pied, le maître s'écroule, blessé.

- *Tu as vaincu !* dit simplement celui qui fut autrefois plus fort que lui. *Choisis la vie et épargne-moi. Permets que j'enseigne là où tu ne seras pas !*

- *Ici est ton domaine,* répondit le nouveau Maître. *J'irai ailleurs.*

Et il partit. [1]

---

[1] Cette histoire est commentée et expliquée en détails dans la seconde partie de l'ouvrage.

2) Le feu allumé par les enfants ou comment mener à bien n'importe quel projet avec enthousiasme, mesure et persévérance.

Le guerrier de la lumière regarde les enfants allumer un feu. Ils sont tous joyeux de leurs pouvoirs : les uns mettent des brindilles, d'autres des feuilles de papier, certains ajoutent des pierres autour, un autre jette un cube inflammable et voilà le feu est prêt.

Ils se mettent à plusieurs pour jeter les allumettes enflammées. Ça y est, le feu a pris, les premières étincelles jaillissent, puis les premières flammes. Les voici qui font des rondes et des cabrioles autour du feu ; ils s'étourdissent.
Emportés par leur joie, quelques-uns chargent le feu naissant de lourdes bûches et le petit feu qui venait de naître s'éteint et meurt.

Le Guerrier comprend que beaucoup de choses sont nécessaires pour allumer un feu.

Il faut parfois beaucoup de temps et d'énergie pour mettre en place, des projets, des habitudes, des relations...

Bien des choses fonctionnent ainsi…

Et à peine lancé, on veut en faire trop, alors tout s'effondre, s'éteint et meurt. On se retrouve dans la tristesse, la déception et l'échec…

Mieux vaut d'abord faire grandir le feu… [2]

---

[2] Le sous-titre de l'histoire prend tout son sens à la lecture des explications qui se trouvent dans la seconde partie de l'ouvrage.

3) La Force des convictions et la beauté

Le Guerrier de la lumière se promène auprès d'une magnifique forêt. Elle est petite, mais si belle !

Et voici qu'aujourd'hui il y règne une grande agitation, tout est bouleversé... Une armée de pelleteuses, de bulldozers et de bûcherons décime les arbres méthodiquement sans aucune pitié. Ils ne veulent pas en laisser un seul !

- *Que faites-vous !* lance le Guerrier à celui qui semble être le chef de ces opérations.

- *Nous avons ordre d'abattre tous les arbres sans aucune exception. Un lotissement doit bientôt émerger ici.*

Et voici que les tronçonneuses reprennent de plus belle. Elles traversent le cœur des bois tendres. Ceux qui sont plus forts sont couchés par l'armada des bulls.

Quelques-uns toutefois résistent vaillamment, ils ont des racines bien profondes et s'accrochent avec conviction. Les engins fument, grincent, mais les arbres tiennent bon.

Le Guerrier comprend qu'il en va de même pour les hommes. C'est la force de leurs convictions qui leur permet de tenir face à l'adversité.

Les travaux sont mis à l'arrêt pour évaluer la situation. On appelle le promoteur. Le voici qui arrive. Il constate l'avancée des travaux.

- *Pourquoi certains arbres sont-ils encore debout ?*

Le chef des travaux lui explique qu'il y a un gros risque de casse. Le promoteur ordonne de changer les plans d'implantation des maisons afin d'éviter des pertes financières.

- *Et celui-là* dit le promoteur en le désignant du doigt, *il n'a pas l'air aussi fort que les autres.*

- *Venez,* lui répond le responsable, *vous comprendrez par vous-même.*

S'approchant, le promoteur constate qu'il est couvert de myriades et de myriades de toutes petites fleurs magnifiques qui embaument l'air d'une fragrance indéfinissable et il contemple les oiseaux qui chantent délicatement sous ses branches, comme envoûté par leur parfum.

- Laissez-le aussi, conclut le promoteur l'air rêveur, *placez la maison de ma fille devant lui, je pourrai continuer à l'admirer quand je viendrai la voir.*

Le Guerrier comprend que la beauté est une force aussi…

4) Être ou paraître ?

Le Guerrier de la lumière n'essaye pas de paraître plus que ce qu'il est, ni moins. Il sait que ce n'est pas cela qui le rendra meilleur.

Il ne cherche pas à paraître, mais à être et cela absorbe toute son énergie. Ses amis lui disent : *met leur plein la vue !*

Il ne les écoute pas, il ne les suit pas. Alors, ils s'éloignent de lui, car il n'est pas assez brillant et étincelant à leurs yeux.

Le Guerrier sait que le zircon bien taillé peut apparaître pour beaucoup comme un beau diamant, mais pas pour l'expert.

C'est pourquoi le Guerrier reste fidèle à lui-même.

Il aime mieux être aimé de quelques-uns pour ce qu'il est véritablement que de beaucoup pour ce qu'il n'est pas !

5) Le Chat et les oisillons ou comment choisir la bonne stratégie

Le nid du merle est tombé de la branche basse d'un oranger. Voici les deux petits oiseaux au sol se remettant à peine de leur chute. Le plus fort des deux appelle à grands cris ; il espère sa mère.

L'autre étourdi de sa chute et apeuré court se réfugier dans les hautes herbes, auprès du tronc de l'arbre.

Le chat alerté par toute cette agitation arrive avant tout le monde. À pas feutrés, il approche et constate l'aubaine. Il sort ses griffes, d'un bond le voici sur celui qui auparavant s'égosillait. Il le gobe tout d'un coup sans autre forme de procès.

Le second immobile retient son souffle. Le chat cherche un moment, tourne et retourne sentant comme une autre proie, mais il ne la trouve pas et repart.

Le Guerrier apprend une leçon. Parfois, la meilleure stratégie de combat n'est pas d'appeler du renfort, mais d'être invisible de l'ennemi…

6) Quelquefois il faut garder tes secrets

Le Guerrier de la lumière enseigne ce qu'il sait aux autres. Des voix lui murmurent : *garde ces secrets pour toi, tu en tireras des avantages.*

D'autres lui disent encore : *choisis bien qui tu côtoies et à qui tu ouvres ton cœur.*

Le Guerrier se souvient que Jésus n'a pas tout dit à tous, mais a révélé ses plus grands secrets à ses intimes Pierre, Jacques et Jean.

Alors le Guerrier écoute la voix de la sagesse, il n'étale pas son savoir.

C'est pourquoi quand on lui pose une question, parfois il répond et d'autres fois non. Il se tait et sourit.

Et quand on insiste, il dit simplement : *Le moment n'est pas encore venu…*

7) Choisir ses bons adversaires

Le Guerrier de la lumière sait que pour gagner beaucoup de combats, il faut choisir soigneusement ses partenaires d'apprentissage et d'entraînement.

Un adversaire trop faible ne le ferait pas progresser. Un adversaire trop fort pourrait le blesser ou le décourager.

C'est pourquoi le Guerrier choisit de préférence des adversaires à sa portée, mais un peu plus forts que lui. Ainsi, il combat au mieux de ses possibilités ; et il progresse.

Parfois le Guerrier perd, mais pour une défaite, il compte deux ou trois victoires.

- *Comme il perd souvent !* disent ceux qui l'épient.

Mais le Guerrier sait que c'est le bon ratio, celui qui lui permet de progresser le plus vite et qui le sauvera lorsque le combat sera réel.

8) L'intimité mène à la simplicité

Le Guerrier de la lumière sait que tout est compliqué avant d'être simple. Un bébé prend environ un an pour prononcer ses premiers mots et deux ans pour une phrase simple. Maintenant qu'il est plus âgé, c'est un jeu pour lui.

Alors, si une situation paraît confuse ou compliquée au Guerrier, c'est parce qu'il n'a pas encore passé assez de temps en sa compagnie, c'est pour cela qu'elle résiste encore à son analyse ou à son intuition.

Pour bien la connaître, il discute avec elle, comme on discute avec un ami et l'observe sous plusieurs angles, comme on observe une œuvre d'art. Quand ils se connaîtront mieux, tout sera simple.

C'est ainsi qu'Archimède a procédé. Il emmenait avec lui son problème partout : *comment savoir si la couronne du roi est en or pur sans toucher à son intégrité ?*

Cela semblait impossible, pourtant Archimède a trouvé en emportant son problème dans son bain.

9) La Reine aux échecs
ou il faut connaitre son arme principale dans la vie

Le Guerrier de la lumière est assis à l'ombre d'un arbre dans un grand parc. Au loin des enfants jouent au ballon, plus près un père apprend les échecs à son fils.

Le Guerrier est attentif à ce qu'il dit :

- La Reine est la pièce la plus puissante du jeu. C'est ton atout majeur. Donc l'ennemi cherchera tôt ou tard à l'attaquer.

- Si tu la perds, tu seras en grande difficulté. Protège la bien je t'apprendrai comment.

Le Guerrier réfléchit et se demande quelle est son arme principale...

Il sait maintenant ce qu'il doit protéger et défendre.

10) L'amour et le maniement de l'épée

Le Guerrier de la lumière possède un cœur pour vivre et pour aimer.

Il ne sort jamais sans l'avoir gonflé à bloc de pensées bienveillantes, c'est son entraînement de l'amour. Cet exercice précède ceux du maniement de l'épée et de l'arc.

Le Guerrier a remarqué que son efficacité au maniement des armes est intimement liée à son niveau d'amour.

Plus il est dans l'amour et plus il ne fait qu'un avec son épée.

Et de même pour son arc. Plus il est dans le non-jugement et plus il dirige sa flèche avec précision.

La raideur du cœur est liée à celle du corps.

11) La fleur – l'abeille et l'étoile
ou pourquoi il ne faut pas cueillir inutilement une fleur

Le Guerrier de la lumière se promène dans la forêt. Au détour d'une clairière, il voit une famille qui semble heureuse. Son cœur se réjouit de cette apparente harmonie.

Le petit garçon s'amuse à pousser son ballon dans la pente qui lui revient sans cesse, il s'en amuse. Parfois il le rate et son père derrière lui le lui renvoie.

La petite fille plus âgée montre une jolie fleur à sa maman.
- *Maman, regarde comme elle est jolie ! Je vais te la cueillir.*

Et la petite fille tout heureuse de faire plaisir à sa maman tendrement aimée la ramasse et la pose dans ses cheveux. Les voici toutes contentes qui rient.

L'après-midi passe et en revenant le Guerrier retrouve la famille toujours là qui est sur le point de partir.

- *Viens*, dit le père à son fils !

Mais celui-ci ne l'écoute pas. Il se rappelle de la fleur que sa sœur a cueillie pour sa mère et il veut lui aussi en prendre une, mais une bien plus grosse.

- *Viens mon chéri*, insiste à son tour la maman. *Laisse la fleur, elle est bien là avec ses amies.*

- Le Père reprend plus sévèrement, *laisse la fleur et viens nous aider*

Mais le petit garçon n'y entend rien. Il tire de toutes ses forces et patatras ! Un morceau de la souche sur laquelle la fleur s'était développée part avec elle. Et voici que la ruche qui avait trouvé refuge dans l'arbre mort est découverte.

Les abeilles se ruent sur l'assaillant. C'est l'affolement. Le père court vers le fils en pleurs qui ne sait que faire et l'emporte sous une volée de piqûres.

Celui qui cueille *inutilement* une fleur dérange une étoile ; il brise l'harmonie de la vie. L'abeille veille sur l'étoile !

La vie nous donne des signes et des avertissements, mais tous ne comprennent pas, alors ceux-ci vont crescendo. C'est parfois seulement quand on s'y pique que l'on comprend qu'il valait mieux écouter.

12) Les problèmes sont des opportunités de croissances

Le guerrier de la lumière sait que beaucoup de peuples ont erré et se sont perdus faute de connaissance. C'est pourquoi chaque jour, il cherche à apprendre une vérité éternelle et une vérité temporelle.

Une intelligence lui a été remise et comme une épée, il faut chaque jour l'affûter sur la grande meule de la vie qui tourne sans s'arrêter.

Les problèmes qui jaillissent devant lui aujourd'hui sont des opportunités de croissance ; ce sont ses professeurs du jour.

Ils sont ordonnés pour ses progrès et proportionnés à sa croissance.

Ils sont là pour son apprentissage et développer son intelligence.

Bien loin de regimber contre eux, il les bénit comme un cadeau que la vie lui fait de grandir.

13) La semence et la récolte – Invitation à la patience

Le guerrier de la lumière sait qu'il existe un décalage entre le jet de la semence et la récolte.

Ce n'est pas en trépignant contre la nuit que le jour arrive plus vite.

La graine qui explose sous la terre ne fait apparaître la jeune pousse que quelques jours après cet évènement décisif.

Parfois les résultats semblent tarder à venir, mais ce n'est pas parce qu'on ne voit rien qu'il ne se passe rien. C'est la loi de la nature et elle s'applique à tous.

L'effort est une vertu, la patience aussi.

14) Préparer une lampe quand il fait jour – Invitation à l'action.

Celui qui veut aller à la pêche doit préparer ses filets.

Celui qui veut chasser doit vérifier son arc et ses flèches.

Si on veut de la lumière pendant toute la durée de la nuit, il faut préparer une réserve suffisante d'huile et une lampe pendant que le jour est encore là… Après il sera trop tard !

La patience est une vertu, l'effort aussi.

15) Le labyrinthe

Le guerrier de la lumière connaît l'importance du temps, parce qu'il sait qu'il n'est pas éternel. C'est la rareté d'une chose qui en fait son prix. Il se pose souvent la question de savoir s'il l'emploie bien.

Ses actions sont-elles vraies, belles et bonnes ; fidèles à ses valeurs ? Sont-elles utiles ? Pendant que le Guerrier s'interroge, un petit garçon vient le voir avec son cahier de jeu.

- *Jean, laisse le monsieur tranquille*, lui lance sa mère quelque peu inquiète.

Mais le petit garçon ne l'écoute pas. Il regarde le Guerrier de son œil innocent.

- *Je n'y arrive pas*, lui lance-t-il, en désignant un labyrinthe partant de plusieurs points et donnant sur plusieurs portes, toutes fermées, sauf une.

Il interroge ingénument le Guerrier :

- *Quel point de départ choisir pour tomber sur la seule porte ouverte ?*

- *C'est très simple*, lui répond celui-ci. *Il suffit de reprendre le labyrinthe à l'envers. Pars donc de la porte ouverte et remonte le fil, tu trouveras ainsi le bon point de départ.*

Tout heureux l'enfant retourne en courant vers sa mère. Elle sourit au Guerrier, l'air un peu gêné que son fils ait dérangé un inconnu.

Il crie sa joie :
- *Maman, maman, je sais comment faire, je sais comment faire.*

Le Guerrier les laisse à leur joie et reprend ses réflexions : mes actions sont-elles bonnes, sont-elles utiles ? ...

Tout à coup, c'est l'illumination ! Il comprend. Parfois en solutionnant les problèmes des autres, nous trouvons des réponses aux nôtres. En résolvant le problème du petit Jean, le Guerrier avait résolu le sien !

Il faut reprendre le problème à l'envers, comme pour le labyrinthe : Qui je veux devenir ? Qui je veux être à la fin ? Et ainsi, il saura le chemin.

Le Guerrier décide alors d'ordonner ses actions à celui qu'il est en puissance et tout devient plus clair... Le Guerrier est guidé.

16) Le guerrier et la bataille des cœurs

Quand le guerrier de la lumière discute avec une personne qui ne veut rien écouter, il ne passe pas en force. Il se tait.

- *Comme il se laisse facilement confondre*, murmurent ceux qui l'observent.

- *Comme il est faible*, rajoutent les autres.

Le guerrier n'est ni faible, ni confondu. Il est fondé sur le roc. Ses convictions sont inébranlables.

Tout comme la rivière qui serpente pour atteindre la mer et prend parfois un détour pour y arriver, il accepte de « perdre » la bataille des mots pour gagner la guerre des cœurs.

17) Le guerrier est juste chargé de semer

Le guerrier de la lumière sait que s'il a une responsabilité en ce monde, les autres en ont aussi.

Alors si quelques fois il s'occupe de semer, faire grandir ou récolter, il sait aussi que le plus souvent, il n'est chargé que de semer, de montrer ou d'éclairer.

Il doit se détacher du résultat ; celui-ci ne lui appartient pas, mais il est le fruit de la liberté de l'autre, c'est ce dernier seul qui décidera (ou non) d'arroser la semence et la fera germer.

18) Respirer profondément

Le guerrier de la lumière s'arrête souvent pour considérer d'un œil d'enfant les merveilles qui l'entourent et auxquelles parfois il n'avait pas prêté attention.

Il en profite pour respirer profondément et ces deux choses lui font beaucoup de bien.

19) Le guerrier cherche à se vaincre

Le guerrier de la lumière sait qu'il devra combattre chaque jour pour la vérité et pour l'amour.

Il sait aussi que la bataille la plus importante et la plus décisive se livre en lui-même.

Alors plutôt que de chercher à vaincre les autres, il cherche plutôt à se vaincre, à s'aimer lui-même et à les aimer.

20) Le guerrier au comptoir d'aviation ou la véritable richesse

Le Guerrier de la lumière est au comptoir d'embarquement. Il s'avance vers l'hôtesse et s'apprête à lui tendre son billet et voilà qu'un homme bien habillé le bouscule sans ménagement :

- *Poussez-vous, je suis un homme important !*
- *Pour qui ?* Réponds simplement le Guerrier.

L'homme est quelque peu désarçonné par cette question. Après un bref instant, il finit par répondre : *Pour tout le monde, je possède de nombreuses compagnies et des dizaines de millions, poussez-vous !*

Depuis quand la richesse est-elle une marque de noblesse !

Toutefois le Guerrier est calme et curieux, il s'écarte et écoute la suite des évènements.

- *Il me faut un billet immédiatement en première classe,* dit-il sans ménagement à l'hôtesse.

- *Désolé monsieur,* répond-elle poliment, *notre première classe est complète, nous pouvons vous proposer un billet en classe intermédiaire pour 1000 €*

- *Vous êtes folle, c'est le prix de la première classe ! Je préfère encore voyager en classe économique !*

Et voici l'homme « *riche* » sortant sa carte bleue tout en grommelant et râlant, préférant voyager en classe économique alors qu'il pourrait être plus à son aise en classe intermédiaire !

Le Guerrier sourit en lui-même : l'homme se croyait riche, mais dans son cœur, il était encore pauvre !

Celui-là est vraiment riche qui n'est attaché à aucun bien ; rien ne lui coûte, rien ne lui est trop cher.

21) Tout royaume divisé s'effondre

Le guerrier de la lumière sait d'après l'enseignement du Christ que tout royaume divisé s'effondre. Il a pu constater ô combien cette parole était malheureusement fondée.

Que de familles, que de puissances, que de royaumes de la terre se sont écroulés par suite de luttes intestines et de divisions !

C'est pourquoi le guerrier de la lumière n'est ni partagé en lui-même ni divisé. Il sait que cette division est une fragilité qui, si elle n'est pas résorbée, le conduira finalement à sa ruine totale ; cela ne se fera pas en un jour, mais cela arrivera.

Alors le guerrier cherche d'abord l'unité en lui-même. Ses paroles et ses actions extérieures sont les manifestations pures et sincères de celui qu'il est intérieurement. Voir les unes permet d'entrevoir son âme.

22) Le Guerrier cherche le sens de sa vie dans les signes, la date de son baptême et d'autres choses encore ...

Le guerrier de la lumière sait que les questions les plus importantes de sa vie gravitent autour de l'être. Qui es-tu ? Quel est ton destin ? Qui veux-tu être ?

Il cherche les réponses dans les valeurs auxquelles il croit, dans les actions qui le mettent en joie ou en peine. Et il trouve une première strate de réponses.

Alors le guerrier creuse plus profondément. Il veut trouver des informations précieuses et enfouies. Il fait une lecture des grands évènements de sa vie et dresse un résumé par décades. Il veut pouvoir résumer sa vie en un paragraphe de quelques lignes ou mieux encore la condenser en une seule ligne !

- *Que cherche-t-il avec tant d'énergie,* se demandent ses amis avec une curiosité mêlée d'inquiétude.

Il cherche encore dans des voies qui paraissent aux yeux des autres pure folie ou fantaisie : les conditions de sa conception - Quel saint préside à sa naissance ? - Pourquoi il a reçu ce nom ? - Quel est le saint de son baptême ? – Qu'est-ce qui lui semblait important quand il était enfant ? Quels étaient alors ses rêves ?

- Comme il est original, comme il est excentrique ! Disent ceux qui le voient chercher.

Le Guerrier veut comprendre qui il est et le sens de sa vie, car ce que les hommes appellent hasard, les sages l'appellent coïncidence et les autres, destins. Il sait qu'il fait partie de la grande tapisserie de l'humanité. Certains fils sont directement reliés les uns aux autres par-derrière ; si l'on tire sur l'un, l'autre vient.

L'observateur de ce monde ne le sait pas, parce qu'il ne voit pas cela, mais celui qui a conçu la toile le sait. C'est pour avoir reçu cette vision que le Guerrier de la lumière sait que toutes ces données : son nom, le jour de sa naissance, le saint qui préside à sa naissance, celui qui préside à son baptême… Tout cela possède un sens qui est relié à sa vie.

Il fait la synthèse de ses observations et émet ses hypothèses qui sont autant de questions lancées à l'univers. Et il sait que l'univers lui répondra, comme il a déjà commencé à le faire, parce que Le Christ a dit :
« Qui cherche trouve
et à qui demande, il sera donné ».

23) Le Guerrier de la lumière et la patience - Celui qui est orgueilleux s'impatiente de tout

Le guerrier de la lumière sait que celui qui est orgueilleux s'impatiente de tout, tandis que celui qui est parfaitement humble est sans orgueil ; il n'offre pas de prise au monde.

La patience est une manifestation de l'humilité et de l'amour. Le guerrier ne perd jamais une occasion de s'exercer à l'une comme à l'autre.

24) Le Guerrier cultive ses forces comme on cultive son jardin

Le guerrier de la lumière cultive ses forces comme on cultive son jardin. Il observe ce qui fait grandir sa joie et sa paix, et s'y abreuve régulièrement.

Il a déjà goûté à beaucoup de sources et il lui est devenu évident qu'elles n'étaient pas toutes aussi saines et aussi bonnes les unes que les autres.

Ses congénères se rendent à de nombreuses sources et semblent les apprécier. Ils questionnent le guerrier :
- *Pourquoi ne viens-tu pas avec nous goûter cette nouvelle source ou cette nouvelle coupe d'ivresse ?*

- *Il y a trop de danger à vous suivre*, répond-il.

Le guerrier sait qu'à tremper ses lèvres dans de trop nombreuses coupes, on finit toujours par s'empoisonner.

Le guerrier de la lumière choisit toujours soigneusement ses sources, c'est pourquoi il est toujours dans le camp de la vie.

25) Le Guerrier se met parfois en colère

Le guerrier de la lumière se met quelques fois dans de saintes colères. Il ne la craint pas, ni celle des autres.

Le Christ, Lui-même s'est parfois mis en colère : en chassant les vendeurs du Temple, devant le manque de foi de ses disciples au retour de sa Transfiguration, devant l'endurcissement de cœur de ses compatriotes qui ne voulaient pas guérir un paralysé un jour de sabbat.

Ses colères étaient l'expression de sa Justice et de Sa Sainteté ; la conséquence des injustices qu'il voyait dans le monde.

Il en va de même pour le guerrier. Ses colères ne durent qu'un instant. Il sait qu'elle est une arme efficace mais dangereuse. Elle est comme un torchon enflammé que l'on tient.

Elle peut être utile quelque temps, mais ne doit pas être entretenue trop longtemps, sinon on s'y brûle.

Elle est encore comme le feu sur une branche que l'on a prise dans le foyer de la sainte

Justice et que l'on tient pour éclairer l'injustice, la faire reculer tel un animal sauvage.

Mais, on ne peut garder cette flamme éternellement, sinon le feu remonte jusqu'à la main, puis à l'être entier ; c'est alors qu'on est consumé !

26) Le disciple et l'éléphant

Un disciple vient voir le Guerrier il lui demande :

- *Peux-tu m'enseigner à combattre* ?
- *Je dois d'abord te montrer quelque chose. Suis-moi.*

Le maître emmène son nouveau disciple au cirque. Celui-ci est intrigué par cette destination.

Le Guerrier de la lumière, comme beaucoup de ceux qui enseignent la sagesse, ne prend pas le chemin le plus fréquenté, celui des spectateurs et des suiveurs. Ainsi arrivent-ils tous les deux derrière le chapiteau.

- *Observe cet éléphant*, dit le Guerrier. R*egarde bien sa taille imposante et sa carrure, sa musculature imposante. Comment se fait-il qu'il ne s'en aille pas ?*

Le disciple considéra un instant l'imposant cadenas et la solide chaîne qui retenaient l'éléphant.

Il était sur le point de répondre, quand il remarqua quelque chose d'étrange : le pieu qui retenait l'ensemble était fixé simplement dans le sol, sans scellement particulier.

- *Je ne sais pas,* finit par répondre le disciple un peu perplexe. *Peut-être pense-t-il ne pas pouvoir se libérer, parce qu'il considère le cadenas et la chaîne. Mais s'il considérait plutôt sa force et voyait à quoi cette chaîne se rattachait, il comprendrait que tout ce qui le retient n'est qu'illusion.*

- *Tu as bien parlé,* lui dit le Guerrier, *tu as compris ?* Et sur ces mots il le laissa à ses méditations.

27) La peur est nécessaire
ou comment le guerrier considère la peur

Le Guerrier de la lumière doit combattre aujourd'hui dans un tournoi très réputé. C'est lui le grand favori et tous ont l'œil rivé sur ses faits et gestes ; sa réputation l'a précédé. On dit de lui qu'il peut connaître le point faible d'un adversaire en un regard et le vaincre avant même d'avoir sorti son épée.

- On dirait qu'il a encore une légère appréhension avant d'engager le combat, malgré toutes ses victoires, s'étonnent ceux qui assistent au tournoi.

Le guerrier de la lumière ne les écoute pas. Il se méfie davantage de l'orgueil que de la peur. Ses victoires lui ont donné une certaine assurance, et la peur s'est éloignée de lui. Cette peur était nécessaire pour son entraînement, elle lui a appris à se fortifier et à rester vigilant.

Il a ainsi utilisé la peur comme on utilise un haltère, mais il sait que l'orgueil le conduira à sa perte, s'il ne le refoule. Car l'orgueil ne lui donne qu'une assurance illusoire. C'est pourquoi le guerrier préfère encore un soupçon de peur à un soupçon d'orgueil.

28) Le Guerrier soigne son corps et son âme

Le Guerrier de la lumière n'a pas connu que des victoires. Il a eu aussi son lot de défaites, et ce n'est pas celles qu'il a reçues par l'épée qui lui ont fait le plus de mal.

Son âme aussi a été quelques fois blessée et la blessure était d'autant plus douloureuse que le coup fut porté par une personne proche ou de confiance.

Aussi, le Guerrier ne soigne-t-il pas que son corps, mais aussi son âme. Il masse son corps avec de l'huile, celle d'olive ou d'arnica et il masse son âme avec l'huile de la prière et du pardon.

29) Laisser aller le passé pour ...

Le maître qui l'a formé autrefois lui avait enlevé son épée plus d'une fois, pour lui en donner une meilleure.

Et bien qu'elle soit objectivement meilleure, il a souvent regretté son ancienne épée avant d'apprécier à sa juste valeur la nouvelle.

Il en va de même de la vie ! C'est pourquoi le Guerrier laisse aller le passé pour mieux saisir le présent et être ainsi disposé à accueillir les bénédictions du futur.

30) Le Disciple et le reflet sur le lac

Un jeune homme vient voir le Guerrier en pleine nuit.

- *Je voudrai être aussi sage que vous*, dit le jeune homme.

- *Qui donc a dit que j'étais sage* ? Répondit le Guerrier.

- *Au village beaucoup le disent et d'autres encore rétorquent que vous êtes fou.*

- *Parce que certains disent que je suis fou, c'est alors que je suis peut-être sage, car la sagesse parait folie à ceux qui sont enlisés dans le monde.*

- *Je vois que vous êtes un Maître de pensée. Combien de temps mettrai-je à acquérir la Sagesse auprès de vous ?*

- *Cela dépend de toi. Les meilleurs disciples ont mis deux années, d'autre cinq, d'autres dix et certains encore s'en sont allés avant.*

- *Si je travaille deux fois plus fort que le meilleur d'entre eux mettrai-je une année plutôt que deux ?*

- *Viens voir avec moi le lac. Regarde comme il reflète le ciel, les étoiles et la lune. Jette maintenant une pierre et dis-moi ce que tu vois.*

Le jeune homme s'exécute. Il ne voit plus que la lune, et encore difficilement. Il n'en a qu'une image toute déformée. Il la reconnaît davantage à sa clarté qu'a sa forme si caractéristique.

Comment le ciel pourrait-il se refléter sur un lac agité !

- *Vois-tu*, reprit le Guerrier, *un esprit agité et secoué de précipitation ne peut plus refléter le ciel. Cet esprit ne reflète que les vérités les plus grossières de l'existence.*
  La précipitation, les tensions intérieures, les convoitises ralentissent ou empêchent ta progression spirituelle.

La Sagesse ne s'établit que dans un esprit calme. La Sagesse est un reflet du ciel. [3]

---

[3] Cette histoire est commentée en seconde partie

31) Comme la fleur qui se change en fruit, le guerrier se transforme.

Le guerrier de la lumière s'était fixé le but d'avoir un beau jardin. Cela fait trois ans qu'il le cultive régulièrement.

Il s'est attelé à cette tâche parallèlement à ses entraînements et ses voyages. Il a maintenant un jardin magnifique rempli de plantes potagères, de fleurs, et d'arbres fruitiers.

Le guerrier de la lumière savoure son succès. Il a beaucoup travaillé pour cela. Il prend un panier et va récolter ce qui lui appartient, le ramène dans sa maison et commence à les trier.

Pendant qu'il sépare les fruits des légumes, des oiseaux se mettent à chanter. Ce n'est pas le chant habituel du contentement ou d'une parade amoureuse. Il reconnaît les cris d'alerte d'un danger. Le guerrier est devenu plus attentif.

Il regarde par la fenêtre et voit quatre hommes sur leur monture à une centaine de mètres. Ils pensaient certainement prendre quelques fruits discrètement au guerrier, mais maintenant qu'ils sont découverts, ils préfèrent s'en aller.

Le guerrier est heureux, il retourne à ses fruits et ses légumes, compare leur couleur, leur forme, leur texture et leur odeur. Il est en harmonie avec la vie.

Pendant qu'il s'y adonne, une réflexion surgit dans son esprit : non seulement, par ce projet de jardin il possède davantage, mais une chose presque mystérieuse est survenue de surcroît.

En travaillant à son œuvre, il s'est amélioré peu à peu. Son corps a gagné en force et en souplesse. Il est devenu plus patient et endurant. Son esprit est devenu plus attentif et plus alerte.

Le guerrier comprend que le plus important dans l'aventure, ce n'est pas uniquement le résultat, mais aussi la nouvelle personne qu'il devient au fur et à mesure du projet.

32) La brique, le mur et la cathédrale

Le Guerrier de la lumière voit trois hommes dans son rêve en train de travailler. Quelque chose l'intrigue : ils sont à la fois pareils et différents.

Il appelle le premier, et lui dit :
- *Que fais-tu ?*
- *Je pose une brique le mieux possible et je ne m'inquiète pas du reste, le reste viendra tout seul.*

Et sa réponse donnée, il repart à sa besogne.

Le Guerrier appelle le second qui semble faire la même chose, mais dont le regard apparaît différent. Il lui pose la même question :
- *Que fais-tu là ?*
- *Je monte un mur ; pour cela je vérifie l'alignement des briques entre elles.*

Et sa réponse donnée, il repart à son travail.

Le Guerrier appelle le troisième, et lui demande une dernière fois :
- *Quel est ton travail ?*

- Je bâtis une cathédrale ; pour cela je vérifie la disposition des murs les uns par rapport aux autres.

Et le guerrier comprend que ce rêve est une métaphore de sa vie.

Vivre l'instant présent est important pour bien poser la brique de chaque jour, mais il faut vérifier qu'on l'a appuyée sur le bon mur.

Certains marchent correctement, mais ils ne se dirigent pas dans la bonne direction.

Le guerrier comprend aussi que si les murs sont éparpillés, jamais la construction ne sera finie, il faut aussi une vision d'ensemble.

La brique, le mur et la cathédrale, les trois sont nécessaires. Le guerrier se réveille et note soigneusement cette leçon que lui ont donnée les anges.

33) Le Guet-apens
ou savoir ce dont on est capable

Le Guerrier de la lumière chevauche sur son destrier. Il se rend dans la clairière où un duel l'attend. En arrivant, il voit son adversaire assisté de dix autres !

Le Guerrier virevolte et fait demi-tour aussitôt et s'en va à bride abattue.

- *Comme il est lâche,* lancent les onze hommes qui l'attendaient de pied ferme.

Qui est le lâche, qui est le fourbe ? Celui qui vient combattre loyalement ou celui qui vient avec dix autres qui combattront à ses côtés ?

Le Guerrier sait de quoi il est capable et surtout de quoi il n'est pas capable ; c'est une grande grâce ! Son sang aurait été répandu dans cette clairière mêlé à celui de six ou sept autres guerriers. Il ne serait pas ressorti vivant de ce combat déloyal et inégal.

Ce monde ne manque ni de sang versé, ni de mort. S'il se retire, c'est pour honorer la vie qui lui a été confiée. Ce monde n'a pas besoin d'un cadavre de plus, il a besoin de plus de lumière.

Le Guerrier sait qu'il a pris la bonne décision. Tous ceux qui l'ont précédé dans ce type de guet-apens en témoignent, qu'ils soient vivants ou morts. Ceux qui ont trépassé ont plus souvent été victimes de leur manque de jugement que de la surprise.

Ils sont tombés dans la peur du regard des autres avant de tomber sous celle des épées.

Le guerrier a trop souvent vu ses amis tomber sous le coup des deux pour le savoir. Il a d'autres combats à livrer.

34) Les coups doivent être imprévisibles ou la ruse au service de la vie

Le Guerrier de la lumière observe comment les autres guerriers se battent, qu'ils soient de la lumière ou des ténèbres.

Il remarque que les coups les plus efficaces perdent de leur efficacité quand ils sont prévisibles. Il en déduit que la surprise et l'imprévisibilité des coups sont supérieures à un coup jugé plus efficace, mais anticipé par l'adversaire.

Alors le Guerrier retourne contre l'observateur ce qu'il a appris de lui. Il feinte, il fait mine de porter un coup d'une certaine manière, mais le porte finalement d'une autre... et souvent l'avantage se révèle décisif et l'adversaire blessé abandonne le combat.

- *Comme il est rusé !* disent les uns
- *Il triche !* rétorquent les autres.

Il n'y a pas de règle dans un combat à mort, sinon celui de gagner et d'écouter sa conscience.

Le guerrier est content d'avoir épargné une vie grâce à sa ruse, la sienne ou celle de l'adversaire.

35) Le guerrier regarde derrière lui pour mieux avancer

Le guerrier de la lumière va rendre visite à sa mère. Celle qui l'a nourri de ses seins et bercé sur ses hanches. Elle a une place spéciale dans le cœur du guerrier. Quand il la regarde, son âme d'enfant refait plus facilement surface.

Il arrive en vue de la maison et la voit qui monte l'escalier du grenier qui couvre toute la maison. Elle a entrepris de ranger le vaste comble. Le guerrier s'approche de sa mère et l'embrasse.

Elle lui dit : *Il y a trop d'objets qui s'accumulent ici et croupissent. Nous ne les utiliserons plus. Donnons-les afin qu'ils connaissent une autre vie. Ils engendreront par leur présence d'autres rires et d'autres moments de bonheur.*

La mère du guerrier est généreuse et pleine de bon sens. Le guerrier sait que la vie est mouvement. Il faut que les objets circulent comme l'eau des rivières. De cette eau qui court sur les rochers et virevolte en tourbillon joyeux, il peut boire ; mais si elle stagne, elle perd son dynamisme. Elle se dégrade alors peu à peu et se corrompt. Il faut que l'eau garde son mouvement pour conserver sa force de vie. C'est ainsi qu'elle apportera la vigueur et la joie.

Il en va de même pour les objets. Si on les entasse loin des yeux, ils seront un jour oubliés. Là, à l'écart de tous, ils ne remplissent plus leurs missions, ils n'accomplissent pas leur destin, celui d'éduquer ou d'amuser.

Le guerrier arrive à une grande malle, il l'ouvre : *Regarde maman, cette voiture à friction ! Je me demande si elle fonctionne encore !*

Remontant le ressort du mécanisme, il la lance. La voiture traverse le grenier de part en part et arrive sur le mur en face. Sous l'impact, elle rebondit, mais la friction s'évertue à la projeter de nouveau sur le même mur.

Le Guerrier de la lumière observe rêveur ce cycle : avancer – buter – reculer – avancer – buter – reculer…

Certains hommes, comme cette voiture ou les automates d'autrefois, ne savent pas changer de direction et sont condamnés à reproduire toujours le même cycle : avancer – buter – reculer – avancer – buter – reculer…

Le Guerrier de la lumière sait que quand la leçon n'est pas apprise et comprise, la vie la lui représente une seconde fois, puis une troisième et autant de fois que nécessaire, pour qu'il passe au niveau supérieur.

Mais il n'en va pas de même dans la vraie vie que pour l'automate. Si pour l'automate les chocs sont de moins en moins violents, à mesure qu'il bute de nouveau, dans la vraie vie c'est tout le contraire ! La violence du choc augmente et le prix à payer va croissant !

Le guerrier ne veut pas buter sur les étapes de la vie comme les automates d'autrefois, il veut avancer.

Il ne veut pas reproduire les mêmes erreurs, c'est pourquoi il analyse ses journées avant de se coucher.

Ainsi, il n'emporte pas avec lui le lendemain, les erreurs d'hier ; demain ne sera pas comme aujourd'hui.

36) Le guerrier a atteint son rêve ou il faut rêver grand !

Le Guerrier a atteint son rêve. Il l'a atteint en cinq ans au lieu de dix. Cinq années d'efforts récompensés. Il se réjouit trois jours durant.

Le quatrième jour, au réveil un ange est à sa porte, il porte une missive :

- *Le rêve était trop petit !*

37) La persévérance construit de grandes choses ou comment introduire dans son quotidien de toutes petites routines positives qui feront à la longue de grandes différences sans efforts

Le guerrier de la lumière sait que le monde est une source d'inspiration et de sagesse à laquelle il peut puiser.

Il demeure souvent sous un grand arbre où chantent les oiseaux. Il a contemplé longtemps la persévérance de la mère qui, brin après brin, a construit son nid.

Il a vu aussi le paysan porter pierre après pierre pour construire sa petite maison dans la montagne auprès de ses chèvres.

Tout au fond de la vallée, il voit la cathédrale de la région et devine ses innombrables pierres...

- *La persévérance construit de grandes choses !* se dit-il. [4]

---

[4] Explications et commentaires en seconde partie ...

38) Des colliers, des bracelets et des vertus ou que chacun accomplisse ce qu'il aime ou ce pour quoi il excelle

Aujourd'hui, le guerrier de la lumière a traversé le grand océan Pacifique.

Il arrive sur une île où lui avait-on dit les habitants vivaient en paix et en harmonie. Là, personne ne commandait et tout le monde semblait obéir ; c'était comme un mystère.

Ce qu'il convenait de faire, chacun l'accomplissait, sans attendre qu'un autre le lui ordonne, si bien que tous étaient chefs et qu'en même temps personne ne l'était. Le Guerrier voulait connaître le secret d'une telle concorde.

Dès que les côtes de l'île furent en vue, l'ordre, la beauté et la paix qui émanaient du rivage le frappèrent. Il descendit du bateau l'épée au fourreau, mais il pressent qu'ici, elle ne lui sera d'aucune utilité pour le combat.

Une chose intrigue le guerrier : tous portent autour du cou un collier de perles et parfois diverses représentations dans des bracelets au poignet. Certains en ont une, d'autres deux ou trois, rarement plus. Mais aucun n'a son collier rempli, ni aucun son collier vide.

Le Guerrier de la lumière arrête le premier homme qui passe à côté de lui.

- *Bonjour à toi ! Qu'est-ce que ce collier que tu portes ? Symbolise-t-il quelque chose ?*

- Oui. C'est notre collier de compétence. Ces perles sont le signe visible de qualités et de vertus invisibles au premier regard : la capacité à repriser un tissu, à cueillir des cocos, à pêcher des poissons, ou encore la douceur, la force, la patience, l'intelligence, le courage... la liste est presque infinie.

- À quoi cela sert-il ? s'enquit le Guerrier.

- Celui qui excelle dans un domaine indique quel est ce domaine et il met son talent au service de l'autre. Inversement l'autre lui remet le service en toute justice dans le domaine où il est moins bon.

- Et comment ce collier se construit-il ? Qui choisit les domaines ? Qui le remet ? Je veux en savoir davantage.

- Le collier est dynamique. Comme la vie, il évolue avec le temps. Chacun estime sa propre valeur et choisit le domaine où il souhaite s'épanouir.

Parfois, un habitant donne son avis. Il encourage l'autre à ajouter une compétence ou en choisir une autre plus adaptée à ses capacités naturelles. Mais c'est toujours celui qui porte le collier qui décide des perles qu'il ajoute ou enlève et les symboles portés au poignet.

- Pourquoi les enfants ne portent pas de collier ?

- Parce que jusqu'à douze ans, ils cherchent leurs vertus mères et leurs compétences. Avant et encore après, ils essayent une multitude d'activités.

Le jour de leur douzième anniversaire, leur mère et leur père s'accordent avec lui et lui remettent son premier collier et son premier bracelet. Mais comme je te l'ai dit, ce collier est dynamique. Il bouge comme le ciel au-dessus de toi et comme la mer devant toi.

- *Ainsi, chacun fait ce qui lui plaît et ce qu'il sait faire le mieux,* conclut le Guerrier.

- *C'est cela !*

- *Et si je voulais porter la perle de la pêche alors que je ne m'y suis pas encore exercé ?*

- *C'est inhabituel, mais tu peux porter cette perle si tu veux. Il n'est pas nécessaire d'être parfait pour porter la perle, tu la prendras plus petite et tu la feras grossir avec tes progrès, la vertu vient avec l'action.*

Le Guerrier s'émerveilla : comme ces habitants avaient trouvé une solution simple à la vie commune ! Le guerrier passa quelque temps sur cette île magnifique et elle demeure encore dans son cœur.

39) Importance de la parole

Le Guerrier connaît la valeur de la parole sur la Terre, comme au Ciel. C'est par une parole que deux êtres sont liés pour la vie sur la Terre.

C'est par une parole que le monde a été fondé depuis le Ciel.

Une promesse est une chaîne qu'on se met au cou. Celui qui parle s'expose beaucoup. Il peut dévoiler des secrets, dire du mal, trahir ses promesses...

C'est pourquoi le Guerrier parle peu. Il sait à quoi il s'engage quand il parle. Quand un guerrier dit oui, cela revient à un serment qui l'engage, c'est pour cela qu'il ne dit pas souvent oui.

Il préfère se taire et accomplir... ses actes parleront pour lui.

40) Le Guerrier organise une fête pour célébrer ses victoires

Le Guerrier de la lumière est heureux. Le but qu'il s'était fixé est atteint. Il organise une fête. La victoire est toujours plus agréable quand la joie est partagée.

Il fête sa victoire avec ceux qu'il aime, car chaque victoire doit être célébrée.

Ses amis arrivent, tous le félicitent, quelques-uns l'envient, c'est la vie. Le guerrier savoure l'instant présent, le seul qui existe objectivement.

La vie est aussi une fête.

41) Le Guerrier marche avec son Ange, mais pas seulement

Le guerrier de la lumière ne marche jamais seul. Son ange est toujours à ses côtés pour le guider et le conseiller.

Il marche toujours aussi avec son enfant intérieur. Celui-ci a la garde de ses rêves de jeunesse.

Il lui prodigue l'énergie, la joie et même l'insouciance parfois nécessaires quand on se lance dans de grands projets.

Le guerrier se promène encore avec le vieux sage qui est en lui ; celui qu'il verra dans le miroir si Dieu lui prête vie.

Et enfin le guerrier de la lumière marche avec lui-même.

C'est en marchant ainsi qu'il porte en lui le présent le passé et l'avenir. C'est pourquoi il est un Guerrier de la lumière.

42) Le porte-avions

Le Guerrier de la lumière aime aussi se détendre avec ses amis. Il sait que la vie sociale est une chose nécessaire et que l'amitié s'entretient, sinon comme tout elle dépérit.

Ils sont tous assemblés autour d'une table et voici qu'il est là présent au milieu d'eux. Un d'eux veut raconter une blague : *connaissez-vous l'histoire du porte-avions au large de Terre-Neuve ?*
- *Non répondent ses interlocuteurs.*

Alors tout heureux de son effet à venir, il commence à la raconter à grand renfort de larges gestes : *C'est l'histoire d'une transcription entre un bateau de l'US Navy et les autorités canadiennes au large de Terre- Neuve ; il paraît que c'est véridique,* ajoute-t-il tout excité.

Alors voilà que le porte-avions américain USS Abraham Lincoln et toute sa flotte d'escorte sont en manœuvre d'entraînement au large des côtes canadiennes de Terre-Neuve. L'opérateur voit sur son radar l'écho d'un navire. Il le signale à son commandant qui demande à son tour à l'opérateur radio de faire dégager le navire par 15 degrés ouest pour libérer la voie.

L'opérateur radio s'exécute et dit au canadien :
- *Veuillez vous dérouter de 15 degrés ouest pour éviter une collision avec l'US. Navy. À vous.*

L'opérateur radio Canadien lui répond du tac au tac :
- *Négatif, on ne bouge pas, nous étions là les premiers. Veuillez plutôt vous, vous dérouter de 15 degrés ouest pour éviter une collision avec nous. À vous.*

L'opérateur radio du porte-avions américain insiste, mais l'autre ne veut rien y entendre. Alors il en réfère à son commandant de bord qui prend le micro.

- *Ici le capitaine du porte-avions Abraham-Lincoln des États-Unis d'Amérique : veuillez modifier rapidement votre position par 15 degrés ouest. À vous.*

Mais l'autre ne lâche pas l'affaire :
- *Nous étions là les premiers, nous ne bougerons pas d'un degré ; c'est à vous de modifier votre trajectoire.*

Alors le commandant du porte-avion voit rouge et se fait menaçant :

- *Je vais être très clair avec vous : Ici, c'est le porte-avions USS Lincoln, le second navire en importance de la flotte navale des États-Unis d'Amérique. Nous sommes accompagnés par un nombre important de navires d'escorte, dont trois destroyers, quatre croiseurs et un sous-marin.*

Je vous ordonne de dévier immédiatement votre route de 15 degrés ouest, ou nous allons être forcés de prendre des mesures coercitives contre vous, pour assurer notre sécurité.

Nous avons à notre disposition une puissance de feu si colossale que vous ne pouvez même pas imaginer dans vos pires cauchemars le déluge de feu qui risque de s'abattre sur vous.

Alors le Canadien lui répond :
- *Bien reçu Capitaine. Ici c'est un phare !*

Et voici tout le monde qui rit de bon cœur et le Guerrier aussi.

Mais voilà qu'il entend la voix de son Ange qui lui dit : *comprends-tu la métaphore ?*

Le guerrier est intrigué. L'Ange poursuit :

L'homme traverse les flots de la vie tout armé de sa puissance et drapé dans sa suffisance.

Dans la haute estime qu'il a de lui-même, il pense dans sa folie que tout lui est soumis. Il veut avancer droit devant lui sans considérer aucun obstacle aucune difficulté, aucun interdit.

Et voilà que Dieu se dresse devant lui immuable, indomptable qui éclaire le chemin... Que fera l'homme ? ...

Et le guerrier médita dessus.

43) Le Guerrier refuse de combattre !

Le Guerrier de la lumière rencontre de nombreux combattants qui veulent le défier.

- Pourquoi sortirais-je mon épée, demande le guerrier ?

- Nous verrons lequel de nous deux est le plus fort, répond celui qui a lancé le défi.

- Tu es trop fort pour moi, concède le guerrier qui ne veut pas verser le sang de son adversaire, pour uniquement prouver sa force.

Par cette seule réponse, le guerrier a évité bien des malheurs.

Mais parfois l'adversaire s'entête et le combat devient inévitable. Alors le guerrier sort son épée et agit promptement. Avec une grande détermination il engage de combat qui lui est arraché.

Son objectif est de sortir son épée au plus vite, avant même que l'autre n'ait posé la main sur le pommeau. Il le blesse à la main afin qu'il ne se saisisse pas de son épée.

Le guerrier de la lumière montre par là sa miséricorde. En blessant l'autre à la main ou à la jambe, il l'empêche de combattre et lui épargne des blessures graves et parfois même lui sauve la vie.

Quelques fois le guerrier ne parvient pas à épargner son adversaire et l'irréparable survient. Le guerrier pleure longtemps celui qui aurait pu être son ami, mais qui a mieux aimé être son ennemi.

En apprenant à se connaître, ils auraient dépassé la rivalité et la division. Ils auraient trouvé ensemble que beaucoup de choses les unissent, plus qu'ils ne l'auraient imaginé au premier regard.

Ce qui les aurait alors unis aurait été bien plus fort que ce qui semblait les diviser.

Oui le guerrier pleure beaucoup cet ami qu'il a perdu.

44) La miette de pain

Un homme tape sur son ordinateur, un sandwich à la main. Le guerrier de la lumière l'observe discrètement à quelques mètres de distance.

Voilà qu'une miette tombe sur le clavier. Il veut l'enlever, mais voici que le morceau se fracture et s'enfonce encore plus. L'homme s'énerve. Plus il essaye d'enlever les miettes, plus elles se morcellent et s'enfoncent.

Le guerrier s'approche de l'homme, le salue et souffle fort sur le clavier. Toutes les miettes s'envolent. L'homme étonné regarde le guerrier s'en aller l'épée au côté.

Il y a des situations où la force ne sert à rien. La douceur est la meilleure voie...

45) L'escorte de la princesse
ou la force qui vient en aide à celui qui aime le bien

Le roi veut convoyer sa fille pour ses noces, mais il n'a ni confiance dans le chef de sa garde, ni dans le territoire voisin qu'ils doivent traverser. Il appelle à l'aide le Guerrier de la lumière, un ami de longue date.

- *Envoie une missive au futur beau-père et demande une forte escorte,* lui conseille le Guerrier. *Si tu ne peux aller à la montagne, que la montagne vienne à toi.*

Le roi suit le conseil, mais le messager est intercepté et la lettre de réponse est modifiée.

Dessus, il est écrit : *Je ne peux venir jusqu'à vous, de peur de créer un incident en traversant le territoire voisin. Passez discrètement et j'enverrai une garde à ma frontière près du fleuve tel jour à telle heure.*

- *Cette lettre me semble étrange,* dit le Guerrier au roi. *As-tu convenu d'un code de confiance ou d'une certification ?* demande le Guerrier.

- *Non,* répond le roi, *je n'y avais pas pensé. Le sceau ne suffit-il pas !*

- *Certains sceaux sont faciles à contrefaire,* répond le Guerrier.

Le voyage est tout de même décidé. Le Guerrier de la Lumière conseille le roi : *Ne dis rien au chef de ta garde jusqu'au dernier moment.*

Il se rappelle que Le Christ n'avait rien dit aux disciples concernant son dernier repas, mais avait envoyé secrètement Pierre et Jean pour le préparer. Il avait procédé ainsi afin que Judas ne dispose pas de beaucoup de temps pour le trahir : c'est pourquoi le guerrier avait dit au roi : *Ne dis rien au chef de ta garde jusqu'au dernier moment.*

Le grand jour est arrivé. À la pointe de l'aurore, le Guerrier réveille le chef de la Garde et lui dit : *nous partons, je vais choisir une dizaine d'hommes, viens !*

Le choix est posé et la princesse est prête. Le cortège quitte la cour du palais à pas feutrés. Les voici partis. Le discret carrosse est escorté par quinze hommes et le guerrier de la lumière.

Une heure ne s'est pas écoulée que le guerrier sent que quelque chose ne va pas.

Plusieurs hommes se regardent entre eux, beaucoup trop souvent, au lieu de surveiller les alentours.

Le guerrier change souvent de place dans le cortège. Parfois il est sur l'avant, d'autres fois sur l'arrière, parfois encore sur la droite ou sur la gauche.

- *Pourquoi bouges-tu autant ? questionne inquiet le chef de la garde.*

- *Pour assurer la sécurité de la princesse*, répond le guerrier.

Oui et plus fondamentalement, il cherche à évaluer combien de gardes sont de connivence, selon le regard qu'ils posent sur ses brusques déplacements. On regarde ses amis, mais on observe et épie ses ennemis et le regard n'est pas le même.

Le rapport n'est pas bon, deux seulement semblent être fidèles à la princesse. Le guerrier prend le risque et confie ses craintes aux deux hommes.

Il lui expose discrètement le plan qu'ils vont suivre bientôt, si les autres ne les attaquent pas avant par surprise et leur demande de se préparer. Ceux-ci sont surpris, mais font quand même confiance au guerrier.

Comme les trois hommes le craignaient, les autres gardes se retournent contre eux et veulent faire main basse sur la princesse.

Le guerrier de la lumière montre par sa puissance, sa force et son agilité pourquoi on l'appelle guerrier. Il ne fait aucune grâce, il ne peut pas se permettre ce luxe, il en va de sa vie et de celle de la fille du roi son ami.

Ses adversaires ne s'attendaient pas à une telle résistance héroïque qui ruine leur plan. Profitant de leur hésitation et de la confusion qu'offre sa combativité chevaleresque, le guerrier se précipite, intrépide, vers la princesse, l'arrache de son siège et la jette en travers de son cheval. Il part à bride abattue hurlant à ses compagnons d'infortune de le suivre. Il reste encore huit adversaires, ils sont sur leurs talons, les autres sont morts. Les voici qui sortent leur arc et les bandent.

Le guerrier ne peut pas à la fois tenir la princesse, qui risque à tout moment de tomber, guider sa monture, et sortir son bouclier dans son dos.

Il doit prendre une décision s'il veut sauver sa vie et celle qu'il protège. Alors tirant brutalement sur la bride de côté, il force son cheval à sauter dans le vide et tombe dans le fleuve une quinzaine de mètres en contrebas. Ses compagnons font de même.

La princesse malheureusement ne sait pas nager, elle s'accroche au cheval, comme elle peut et agite ses jambes pour ne pas couler. Parfois il faut se jeter à l'eau avant de savoir nager.

Le guerrier sort son bouclier pour les protéger de la pluie de flèches qui s'abat dans leur direction. Le bouclier en bois d'acacia fait exploser les flèches à l'impact, il est invulnérable aux flèches de l'ennemi ; la vie tient autant à la défense qu'à l'attaque, au bouclier qu'au glaive.

Le fleuve les emporte. Une nouvelle volée de flèches moins nourrie et moins vigoureuse vient vers eux, comme un aveu d'impuissance des assaillants.

Puis un spectacle saisissant s'offre aux yeux de ceux qui l'instant d'avant semblaient perdus : les hommes qui les poursuivaient tombent l'un après l'autre de leur cheval, comme frappés par un mal mystérieux.

- *Qu'est-ce que cela ?* Demande la princesse quelque peu apeurée.

Le guerrier de la lumière la rassure :
- *Ne crains pas petite princesse, j'ai trouvé bon d'avertir quelques amis fidèles de mon périple et du danger que nous courions. Ils connaissaient le chemin et les modalités en cas de danger. Je les avais avertis leur disant : si je ne reste pas en place, si je tourne autour du carrosse, allant au-devant et au derrière, à gauche et à droite, c'est que je suis en danger. Ceux à qui je parlerai plus longtemps, considérez les comme des alliés ; couvrez-nous tous, la princesse, les alliés et moi.*

Le guerrier de la lumière ne se fie pas uniquement à son bouclier et à son glaive, ni même à sa sagesse ou son intelligence.
L'homme sage assure ses pas et vérifie le sentier sur lequel il s'engage.

Le guerrier de la lumière pèse les risques. Il sait en qui il a mis sa confiance et il est comblé. Le guerrier est sous protection.

46) Le guerrier prépare chaque bataille, mais pas uniquement

Le Guerrier de la lumière prépare soigneusement chaque bataille, quand il peut les prévoir, car il sait que la préparation est aussi importante que l'action.

Bien des guerres se sont gagnées ou perdues avant même la première action.

Il étudie les forces et les faiblesses de l'ennemi et il connaît aussi les siennes.

Le guerrier étudie aussi l'environnement où se déroulera la bataille. Un guerrier de grande taille est gêné par les endroits étroits, un autre plus lourd par les terrains meubles comme la boue ou le sable, d'autres encore ne savent ni nager, ni escalader ou monter aux arbres. Chacun a son lieu de prédilection.

Le Guerrier attaque dans un lieu qui lui est favorable, car il sait que chaque détail peut lui coûter la vie.

47) Le guerrier partage son repas

Le guerrier de la lumière mange comme il prie, avec recueillement. Il apprécie la grâce qu'il reçoit de pouvoir satisfaire sa faim.

Parfois, il partage avec ceux qui l'entourent quand il s'y sent poussé. Aujourd'hui il se contente d'une orange.

Les passants à qui il tend quelques tranches se disent : *Qui-est-ce ? Que me veut-il ? Que va-t-il nous demander en échange de cette nourriture ? Est-il fou ?*

N'est-ce pas plutôt ce monde qui est fou ?

Et beaucoup passent leur chemin ignorant ce geste de bonté du guerrier. Mais à tous ceux qui l'ont accepté, le guerrier a glissé avec ces tranches acceptées une prière de bénédiction. Et ceux-là sans le savoir ont aussi reçu de grands bienfaits du ciel en plus d'avoir goûté au bonheur simple de la fraternité.

Les plus clairvoyants s'en rendent compte et cherchent à retrouver le Guerrier, mais il n'est de nulle part.

Le guerrier est imprévisible, il se laisse guider par le souffle et revient rarement aux mêmes endroits.

Ceux qui veulent entrer en contact avec lui doivent le chercher au fond de leur cœur, car en donnant de sa propre nourriture, il leur a donné aussi un peu de son âme.

C'est là qu'ils le trouveront, au fond de leur cœur.

48) Un coup isolé n'est pas efficace

Le Guerrier de la lumière observe les combattants pour apprendre d'eux, surtout quand le combat est réel ou que les deux adversaires sont de niveaux presque égaux.

Il remarque qu'un coup isolé est rarement efficace à ce niveau d'expertise, mais une succession de trois coups ou plus déborde souvent l'adversaire, même parfois le Guerrier le plus accompli.

C'est pourquoi le Guerrier ne se laisse jamais frapper plus de trois fois d'affilée sans porter un coup d'arrêt à ceux qui l'attaquent.

Ce n'est pas parce que le guerrier pardonne qu'il doit tout accepter ; il doit rester fidèle à ses valeurs.

49) Le problème est une invitation

Le guerrier de la lumière sourit souvent face à un problème ou une difficulté.

- *Comme il est étrange !* disent ceux qui l'entourent.

Le guerrier comprend que la vie lui propose un entraînement ou un défi selon l'enjeu ou la complexité de l'action.

Ce défi sera pour le guerrier une occasion d'exercer sa force, son intelligence ou sa ténacité.

Parfois le guerrier ne parvient pas seul à résoudre le problème. Il comprend que ce problème était une invitation, non pas à accroître ses savoirs, mais à accroître ses relations avec les autres. Alors il part en quête de celui qui pourra l'aider.

Le guerrier apprécie autant le processus que le résultat. Il fait confiance à la vie et à l'étoile qui le protège. Il sait que sur la route de ce problème il trouvera un ami.

50) Le Guerrier, sa belle et la sagesse

Le Guerrier de la lumière a entendu parler d'un sage qui vit dans la montagne, il dit à sa bien-aimée :

- *Je m'en vais dans la montagne acquérir la sagesse auprès de celui qui l'enseigne.*
- *Va, mon amour, je t'attendrai et je verrai à ton retour si tu es sage.*

Le guerrier s'en va vers celui qui doit l'aider à acquérir la sagesse. Quand il arrive, il le voit cultivant son champ.

Le guerrier s'en étonne :

- *Que fais-tu donc sage homme à cultiver la terre ?*

- *Tout est équilibre et harmonie*, répond le sage. Et il ajoute : *De même que je prends soin des fleurs qui sont à l'extérieur, je prends soin aussi des fleurs de mon âme !*
Celui qui n'a pas la patience et la discipline de cultiver son jardin qu'il voit grandir facilement n'aura pas non plus la discipline et la patience de cultiver son jardin intérieur qu'il ne voit grandir qu'avec beaucoup d'attention.

Étrange homme que celui-là se dit le guerrier. Mais, il passa trois mois environ auprès du sage et s'en retourna chez sa bien-aimée qui l'attendait, le sage lui ayant dit qu'il avait réveillé en lui les semences de sagesse qui y étaient déjà.

Quand le Guerrier revint chez celle que son cœur aimait, il frappa à la porte de sa maison et entendit la voix de sa douce et pure lui dire :
- *Qui est là ?*
- Il répondit : *c'est moi ton bien-aimé, celui qui est parti quérir la sagesse.*

- Et elle lui fit cette réponse :
Si tu désires réellement quérir la sagesse, médite et reviens, car tu ne l'as pas encore saisie.

Le guerrier fut fort surpris, mais il eut beau insister, jamais la porte ne s'ouvrit.

Il faillit céder à la colère, mais il résista en calmant sa respiration ; les leçons qu'il avait apprises lui vinrent en aide et il s'en alla réfléchir dans les bois.

Il écouta longtemps le chant des oiseaux qui lui rappelait la voix de sa bien-aimée et il s'interrogeait :
- *Comment peut-elle dire que je n'ai pas encore saisi la sagesse alors que nous avons à peine échangé quelques mots ?*

Il se dit encore : *elle n'a pas compris que c'était bien moi, je m'en retourne vers elle et je vais insister pour qu'elle m'ouvre.*

Il revint vers elle et elle lui posa la même question : *qui est-ce ?*

Et il fit à sa belle la même réponse multipliée : *C'est moi ton bien-aimé, celui qui est parti quérir la sagesse.*

Et il lui raconta encore toutes ces choses merveilleuses qu'ils avaient vécues ensemble, mais toujours elle lui faisait cette même réponse :
- si tu désires réellement quérir la sagesse, médite et reviens, car tu ne l'as pas encore saisie.

Alors il retourna vers celui qui lui avait enseigné bien des choses. Après avoir écouté attentivement son récit, le maître lui répondit :

- *La sagesse était auprès de toi et tu es venu auprès de moi. Elle a raison de te dire qu'il te manque encore une chose ; mais je ne peux te l'offrir, car en te l'offrant elle perdrait de sa valeur.*

Le guerrier médita longtemps jusqu'à ce que la lumière de la vérité éclaire le fond de son âme.

Une fois illuminé, il revint vers celle que son cœur aimait.

Fidèle, elle l'attendait. Elle lui demanda pour la troisième fois : *qui est là ?*

Et le guerrier qui avait compris que la sagesse consiste à embrasser du regard toutes les facettes de la vérité dans l'amour lui fit cette réponse : *C'est toi ma bien-aimée et c'est moi ton bien aimé*, alors la porte s'ouvrit.

Le guerrier de la lumière avait compris qu'il ne peut pas exister de sagesse véritable sans le décentrement de soi-même !

Celui qui ne pense qu'à lui ne peut pas être sage, ni celui qui ne pense qu'à l'autre ; les deux sont nécessaires.

51) Le Guerrier ordonne ses coups

Les meilleurs Guerriers ne donnent pas une succession de coups sans ordre. Une succession désordonnée de notes de musique ne donne pas une mélodie !

Ces guerriers redoutables les ordonnent dans une stratégie d'ensemble. Ils savent que de même que des matériaux amoncelés ne font pas une maison, une montagne de coups portés au hasard ne bâtira pas leur victoire.

Le Guerrier possède cette connaissance. Il travaille la fluidité de ses enchaînements. Il ordonne ses coups, les compose et les ajuste, comme on combine les notes pour en faire une symphonie. Chaque coup amène le suivant et en amplifie la force. Au bout d'un certain nombre de coups, comme aux échecs, l'adversaire semble lui présenter son dos ou sa gorge en offrande. Le combat est un art !

À chaque fois que c'est possible, parce qu'il est un Guerrier de la lumière il laisse la vie à son adversaire. Il essaye de faire de l'ennemi un ami.

Il y a tant de combats à livrer et les bons combattants sont peu nombreux...

52) Le Guerrier rend grâce pour les devoirs qu'il lui revient d'accomplir

Beaucoup se plaignent pour tout ce qu'ils doivent accomplir au cours de leur journée et cela leur apparaît comme un fardeau.

Le guerrier de la lumière partage parfois cet état d'âme aussi. Mais il accomplit ses devoirs, même quand ceux-ci lui apparaissent pénibles ; c'est ainsi qu'il se fortifie aussi.

Et il a noté une chose surprenante : *le devoir une fois accompli procure la paix.*

Le soir, le Guerrier rend grâce pour toutes ces tâches qui lui ont été confiées et qu'il a réussi à mener à bien. Il est utile dans ce monde.

La force lui a été donnée pour ce jour encore. Il prie pour que demain il en soit aussi de même.

53) Force et faiblesse

Le Guerrier se rend aux deux villages voisins des chefs Zoulous Uthando (Amour) et Ukuthula (paix) qu'il n'a pas vus depuis longtemps.

Il emprunte un petit sentier dans la savane et remarque bientôt un étrange phénomène : les fleurs ne poussent que d'un côté de la route !

Le Guerrier poursuit son chemin et croise des femmes du village, elles vont chercher de l'eau au puits. Alors le Guerrier se propose de les aider, les femmes refusent :

- *Ce n'est pas un travail d'homme.*

Le Guerrier n'écoute pas ce genre de réponse, il sait que tout le monde a besoin d'aide et de soutien.

Il propose de nouveau son aide, les femmes hésitent. Une d'elles lui tend les seaux qu'elle portait. Le guerrier est content d'être utile et que sa force serve à quelque chose, même en temps de paix.

En marchant, le guerrier constate qu'un des seaux est fissuré. Il laisse suinter de l'eau, le long du chemin, c'est pour cela que des fleurs ont poussé.

Le guerrier comprend que si la force est importante, nos faiblesses peuvent aussi être une source de bénédictions pour les autres.

54) Vivre sa vie intensément en prenant le risque d'être blessé

Le petit groupe [5] arrive bientôt au village. Uthando s'approche avec Ukuthula, les trois hommes tombent dans les bras l'un de l'autre.

Le Guerrier de la lumière laisse couler une larme de joie et d'intense émotion.

Autrefois, il ne l'aurait pas fait. Il ne se serait pas permis ce qu'il considérait comme une forme de faiblesse. Il se serait retenu. Il avait en ce temps-là décidé inconsciemment de ne pas se laisser affecter par la vie et ses aléas.

Il s'était formé une armure émotionnelle et vivait les évènements de sa vie, comme à distance ou engourdi. Cela faisait moins mal face aux évènements douloureux.

Mais peu à peu, pour ne plus être blessé, il avait perdu sa capacité de se réjouir de s'enthousiasmer et d'aimer ; en un mot de vivre intensément.

---

[5] Cette histoire est liée chronologiquement à la précédente, mais le thème en diffère.

Le Guerrier avait donc décidé de vivre sa vie avec intensité. Il est maintenant sorti de son sommeil éveillé, il est pleinement vivant.

C'est pourquoi chaque jour, il prend le risque d'être blessé, pour savourer aussi celui d'être dans le flot de la vie.

Il verse des larmes de tristesse les jours de deuil et des larmes de joies les jours de fête.

55) Tout est lié - L'amour, la paix et la lumière unissent leur force

Les trois hommes Uthando (Amour), Ukuthula (paix) et le guerrier de la lumière se retirent sous l'ombre d'un arbre immense et majestueux.

Les Chefs veulent savoir comment va le monde. Ils savent que ce qui se passe en un point de la Terre a des répercussions sur les autres ; tout est lié.

Les nouvelles ne sont pas bonnes. Mais les Guerriers qui s'éveillent à la conscience sont de plus en plus nombreux.

Les trois hommes prient intensément ensemble pour que la lumière brille le plus longtemps possible face aux ténèbres et les repousse.

56) Le Guerrier refuse de mourir sans délivrer sa mélodie

Le Guerrier de la lumière sait que tous les hommes meurent un jour, mais beaucoup cessent de vivre très jeunes ; ils ont perdu le sens du merveilleux, ils ne croient plus en leur rêve. Ils l'ont enfoui quelque part sur la terre de l'oubli.

Mais en enterrant leur rêve, ils ont enterré avec lui un peu de leur âme et de ce qui faisait leur joie. Cette joie manque au monde.

Il a la nostalgie de ce tableau qu'il ne verra pas, de cette musique qu'il n'entendra pas, de cette musique qu'il n'écoutera pas.

Le guerrier refuse de mourir sans découvrir ses talents et les offrir aux hommes.
Il ne veut pas s'en aller sans délivrer sa mélodie et laisser au monde ce qu'il lui doit, l'œuvre authentique qu'il était destiné à lui léguer. C'est son choix, c'est son destin ; il l'accomplira.

Il se donnera à cette œuvre jusqu'à son dernier souffle, jusqu'à l'ultime limite de ses forces ; il est un Guerrier de la lumière.

57) Ce n'est pas la peine de déchirer le Tableau

Le Guerrier de la lumière connaît le pouvoir des mots. C'est pour cela qu'il se traite avec bienveillance et respect, tout comme il le fait avec les autres. L'amour des autres prend naissance dans notre Cœur. Si la source est corrompue, aucune eau claire ne pourra en sortir pour abreuver le monde.

C'est donc parce qu'il connaît le pouvoir des mots que le Guerrier ne se dit pas en lui-même, quand il s'est trompé :

- Comme tu es bête et stupide ! Mais plutôt : j'y penserai la prochaine fois, ou voilà une idée qui est meilleure que la première.

Ses amis qui connaissent sa philosophie disent à voix basse :
- *Il est trop conciliant avec lui-même ! Jamais il ne progressera !*
*

Les résultats témoignent en sa faveur ; ils se trompent ! Le Guerrier progresse par touches successives, il améliore le tableau. Il n'a pas besoin de le déchirer à chaque fois !

58) Il reste le péché de gourmandise

Le Guerrier de la lumière travaille sur lui-même.

Il a combattu l'un après l'autre tous les dragons qui habitaient en lui et que parfois même il nourrissait de ses pensées, de ses paroles, de ses actions ou plus subtilement de ses omissions : l'avarice, la jalousie, la colère, la peur ... Même celui réputé pourtant le plus dangereux, car capable de revenir à la vie plus facilement que les autres, celui de l'orgueil, fut terrassé.

Un seul résiste qui ne lui semble pas bien méchant : la gourmandise. Le guerrier va voir son mentor et lui dit :

- *J'ai vaincu la peur, la honte, l'envie, la colère, le jugement, je suis libre... Il reste bien la gourmandise, mais c'est bien peu de chose... huit des neuf péchés capitaux n'est-ce pas là excellent...*

Le mentor reste silencieux.
- *Suis-moi*, dit-il simplement

Il l'emmène au port, et voici qu'un grand voilier est attaché au quai. Il largue les amarres et s'apprête à partir toutes voiles dehors. Alors, le maître remet la corde à la bite d'amarrage que l'homme sur le quai avait détachée.

Le bateau est pris au piège. Il tangue, craque, et va se disloquer. Il cherche à se libérer, mais revient sur lui-même. Les marins à bord s'affolent et ne comprennent pas ce qui se passe.

L'un d'eux remarque bientôt la corde rattachée et les deux hommes auprès d'elle. Le maître ne fait pas attention à lui. Profitant du bateau revenu à sa portée, il attache une seconde corde.

- *Que fais-tu !* lui dit le guerrier*, ils vont se fracasser !*

- Le matelot hurle : *que faites-vous là ! Nos voiles sont sorties, il nous faut nous en aller. De grâce, libère-nous, sinon nous périrons !*

Le maître libère les deux amarres qui retenaient le navire, celui-ci enfin libre s'en va.
- *As-tu compris ?*

Oui, le Guerrier a compris. Jamais il n'atteindra le port promis s'il reste attaché à un de ses péchés. Celui-ci en rappellera bientôt un deuxième, puis un troisième et finalement tous le rattraperont ; bientôt il mourra misérablement.

Alors dans la joie, le Guerrier se remet au travail. Il a pour tout repas un morceau de pain et de l'eau claire dans un bol en bois. Ce soir il prendra des légumes ; cela fait son bonheur.

59) Le Guerrier propose le chemin ou choisir de traverser le monde le cœur pur et léger

Le Guerrier de la lumière ne juge personne, pas même lui. Il observe les causes et les effets.

Il se contente d'évaluer ce qui le rapproche des buts qu'il s'est fixés et ce qui l'en éloigne. Il écoute aussi son cœur et agit en accord avec ses valeurs ; il est fidèle à lui-même.

Parfois, il propose un chemin aux autres et l'éclaire de son exemple. Les vertus ne valent que par leurs mises en application.

Ceux qui reçoivent l'invitation sont libres de l'accepter ou de la refuser. Certains l'on fait d'autres non.

Le jugement et la haine n'ont pas de place dans le cœur du Guerrier de la lumière. Il ne les charge pas non plus sur son dos, car ils sont lourds à porter, la tristesse aussi. Ce n'est pas au Guerrier de les transporter.

Ainsi, il ne condamne pas ceux qui lui ont tourné le dos. Ils sont libres. C'est de leur liberté que vient leur mérite.

Le Guerrier a choisi de traverser le monde le cœur pur et léger, et tout est plus simple.

Cependant, le Guerrier pense à eux, surtout quand tombe le soir : *que deviennent-ils ?*

Parfois une étoile apparaissant dans le ciel lui donne la réponse.

D'autres fois le vent lui murmure une confidence à l'oreille et dévoile le secret.

Parfois sa question reste sans réponse, c'est le mystère, Dieu garde son secret.

60) Le guerrier rit de bon cœur
ou conserver un cœur d'enfant

Le guerrier de la lumière rit de bon cœur à une histoire drôle.

- *Comme il est ingénu s'exclament ses amis !*

Le Guerrier de la lumière sait que le rire est très bon pour la santé. Seuls ceux qui ont une âme d'enfant savent apprécier certaines choses.

Il se rappelle que Le Christ a dit :
« Heureux ceux qui ont une âme d'enfant le royaume des cieux est à eux ».

Alors le Guerrier rit et les laisse rire à ses dépens. Il sait que ces rires sont en fait des éloges.

Eux aussi voudraient bien avoir une âme d'enfant, mais ils ne trouvent plus le chemin de leur cœur.

61) Un jour il passera de l'autre côté du miroir

Le guerrier de la lumière sait que toute chose va son chemin, rien n'est immuable ; pas même les montagnes.

Lui-même avait eu la chance de voir une montagne s'effondrer en un instant sous les assauts de la pluie, alors qu'il s'abritait sur la montagne voisine.

Il a vu aussi un pan entier de falaise s'écrouler sous le fracas des vagues, alors qu'il marchait le long de l'une d'elles.

Un jour à son tour il passera de l'autre côté du miroir.

Mais il est en paix. Il sait qu'un monde encore meilleur l'attend, un monde de lumière et de joie, c'est ce que lui ont dit les guerriers qui sont entrés dans le tunnel de lumière et sont revenus.

Certains n'y croient pas. Pourtant, les messagers portant le même message d'espoir sont si nombreux qu'on ne peut être que certain du message. Ils sont bien trop nombreux pour que cela soit une illusion.

La beauté originelle de ce monde, la gratuité et l'abondance des biens qui s'y trouvaient au commencement le certifient, ils disent vrai : l'amour et la joie nous attendent.

La mort n'est pas une fin, mais un passage vers quelque chose de plus grand et de meilleur.

Le Guerrier est en paix.

62) Promenade au bord de la mer ou comment un seul peut changer l'histoire

Le Guerrier de la lumière se promène au bord de la mer. Au détour d'une grande anse, il voit des pêcheurs. Ils sont en train de déployer toute leur force à ramener un filet vers la plage. Le filet déborde de poissons. À chaque mouvement des flots, ils tirent à l'unisson :

- *O Hisse ! ... O Hisse ! ... O Hisse ! ...*

Les poissons sont apeurés, ils sentent leur dernière heure approcher. Ils se débattent, tirent chacun dans leur direction. C'est la panique, le filet se resserre. Ils sont désorganisés, contrairement aux hommes qui les mènent là où ils ne voudraient pas aller. Certains dans leur épouvante nagent même vers le rivage sans le savoir.

Le guerrier remarque bientôt dans le filet un poisson qui se comporte différemment. Il est beaucoup plus fort que les autres et semble savoir parfaitement ce qu'il fait. Il nage résolument vers le large et fait connaître aux hommes sa puissance. Il refuse avec détermination de leur succomber.

Il met à lui seul les pêcheurs en difficulté quelque temps, mais le poisson est entravé dans sa lutte par les autres qui vont en tous sens. Les hommes s'organisent. Ils appellent des renforts ; ils seront bientôt là.

Avant qu'ils n'arrivent, plusieurs poissons font corps avec le vaillant poisson. Ils unissent leur force et rompent les mailles. Il était temps ! Les renforts sont là, dorénavant le filet est aux mains des hommes. Les poissons restés prisonniers sont maintenant à leur merci.

Les hommes célèbrent leur victoire. Quant à ceux qui se sont sauvés, ils se sont retirés loin du rivage. Le guerrier devine le banc au loin au frétillement de la surface. Ils célèbrent la liberté et la vie ; d'une certaine manière eux aussi célèbrent leur victoire !

Le guerrier se demande combien ont pu se sauver. Un ange lui souffle leur nombre : *ils sont 153*. En marchant le long du rivage, il se rappelle la scène, tout est parti du vaillant poisson, mais seul, il n'aurait pas survécu.

Le Guerrier de la lumière comprend qu'il ne pourra pas vaincre seul...

63) Tout n'est pas accompli

Il est bon de prendre du recul, de regarder derrière soi.

L'œuvre magnifique à laquelle le guerrier participe n'est pas seulement au-delà de ses efforts, elle est aussi au-delà de sa conscience.

Durant sa vie, il ne réalisera qu'une petite part de l'entreprise magnifique qu'est le travail de Dieu.

Le Guerrier n'a pas reçu mission de tout faire et encore moins de tout faire seul. Rien de ce qu'il fait n'est achevé ou si peu ! Le Royaume d'amour, de paix et de joie qu'il veut voir se lever est toujours au-delà de ses possibilités.

Aucune déclaration ne dit tout de ce qu'il voudrait dire. Aucune prière n'exprime complètement le fond de son cœur. Aucune religion n'apporte la plénitude de Dieu. Aucun combat n'apporte la victoire totale sur le mal.

Le guerrier de la lumière plante des semences qu'il ne verra peut-être jamais pousser, mais ce n'est pas cela qui l'empêchera de semer.

Un jour elles pousseront, si Dieu le veut ainsi ; elles portent en elles la promesse du futur.

Le guerrier pose parfois les bases sur lesquelles d'autres bâtiront. Il ajoute parfois un étage à la construction existante ou redresse celle qui penchait excessivement et menaçait de tomber.

Il est de ce levain qui fait lever toute une pâte. Il produira des effets multipliés bien au-delà de ses seules capacités humaines.

Cette compréhension lui apporte un sentiment de libération et lui permet de faire quelque chose même d'imparfait plutôt que de ne rien faire du tout. L'œuvre n'est pas finie, mais c'est déjà un début. Un autre guerrier viendra qui l'achèvera ou la fera grandir.

Le Guerrier a accompli son destin ; il s'est réalisé en développant les talents qui ont été déposés en lui, et il les a offerts au monde.

Il a posé sa pierre sur le grand chemin de la vie.

Aide à la compréhension symbolique des histoires. Commentaires - Implications éventuelles dans la vie.

64) Combat avec le maître ou comment devenir un maitre après avoir été disciple

Qu'est-ce qu'un maître ? Quelles relations avec le disciple ?

Le maître est celui qui possède la connaissance et la capacité de diriger. Il est à la fois un modèle qu'il faut imiter, un enseignant et un guide. Il inspire naturellement le respect, l'admiration et parfois même la vénération ou l'amour chez ceux qui le suivent.

Il possède, de par sa suprématie dans de nombreux domaines, un certain pouvoir sur l'autre. Ce pouvoir est aussi intrinsèque à la relation maître – disciple, parce que d'une certaine manière le disciple a renoncé à son propre pouvoir au profit de celui qui le dirige.

Ce directeur peut en conséquence exercer une certaine emprise. Celle-ci peut éveiller chez le disciple un sentiment de crainte né de la conviction qu'il est à la merci de celui qui lui sert aussi de modèle.

Il existe un deuxième champ de paradoxe. Le maître bien qu'il soit le modèle à imiter qui se fait tout proche symbolise aussi un idéal à atteindre qui paraît inaccessible, un horizon.

Mais qu'il y a-t-il au-delà de cet horizon ? Le disciple pourrait se poser la question. Il pourrait s'en poser une autre bien concrète : *que se passerait-il si plusieurs maîtres s'affrontaient ?*

La réponse est évidente : beaucoup perdraient. Le maître aussi fort soit il n'est pas invulnérable.

La relation maître – disciple est donc ambivalente. À l'ensemble des dispositions, attitudes et sentiments positifs tels que :
le respect, la confiance, la vénération, l'amour ... s'opposent parfois : la crainte, la suspicion, la méfiance.
Toutes ces ambivalences surgissent dans l'histoire quand le disciple craint d'affronter son maître, alors que normalement il devrait avoir confiance en lui.
Le fait que le guerrier de la lumière accepte de lui obéir, même à contrecœur, montre qu'il est encore sous la domination de son maître à ce moment de l'histoire.

Le maître du guerrier est un bon maître. Il ne veut pas que son disciple reste perpétuellement sous sa coupe, mais au contraire qu'il aille jusqu'au bout du processus d'apprentissage et de transformation. Pour cela, il faut qu'il franchisse l'ultime obstacle de sa voie de libération. Cet obstacle « final » sur la route du disciple ... c'est le maître lui-même !

Celui qu'il fallait autrefois imiter, il faut aujourd'hui le dépasser !

Cette histoire est donc *une invitation au dépassement de soi*.

Les deux caractéristiques incontournables pour devenir un maître.

L'issue du combat est incertaine, car on n'est jamais certain de vaincre ses peurs.

Du point de vue de l'histoire, cette indécision dans la victoire de l'un ou de l'autre est la preuve que les deux combattants sont quasiment du même niveau.

Le disciple met le maître en difficulté et pense le tenir en son pouvoir. Le disciple a donc beaucoup progressé depuis le premier jour. Il n'est plus celui qu'il était autrefois. Une inversion de hiérarchie apparaît ici.

Mais le maître sort une autre arme plus adaptée au combat rapproché. Deux réflexions sur ce point du récit.

Premièrement, un maître est une personne qui a de la ressource. Il est capable de s'en sortir, même quand la situation semble désespérée ; et c'est cet état d'esprit et ce niveau d'expertise que l'on doit viser, si on veut devenir un maître.

Deuxièmement, le disciple est encore naïf. Certes, il possède la maîtrise technique, mais cela ne suffit pas. Il faut aussi qu'il apprenne à connaître les hommes. Cette méconnaissance aurait pu lui coûter la vie. Il y a ici une leçon pour les leaders.

Même s'ils conservent leur vie, ils peuvent en revanche perdre beaucoup de temps, d'énergie et d'argent en ne sachant pas avec qui ils travaillent, pensant simplement qu'un homme en vaut un autre.

Non ! Il y en a toujours un qui est plus adapté pour une tâche donnée ou une mission à accomplir.

Heureusement, le guerrier de la lumière se ravise, change de tactique et vainc.

À la fin de l'histoire, c'est celui qui fut autrefois son maître qui l'implore. La hiérarchie s'est inversée.

Par sa déclaration finale : *Tu as vaincu,* l'ancien maître reconnaît la victoire de celui qui fut son disciple. Il reconnaît aussi sa nouvelle autorité, lui laissant la prééminence du choix : *Permets que j'enseigne là où tu ne seras pas !*

Être capable de grandeur d'âme.

Enfin, la phrase : *Choisis la vie et épargne-moi* est le dernier enseignement d'un maître à son disciple, comme son testament. Elle est une invitation à prendre conscience qu'il y a ici un choix à poser : la vie ou la mort.

Le guerrier n'est pas obligé de tuer son adversaire. L'ancien maître (qui est toujours un maître dans l'âme, bien que cela ne soit plus celui du guerrier) donne ici une dernière leçon à son disciple. La suite du livre montre qu'il y sera fidèle.

Le respect du guerrier de la lumière pour celui qui l'a formé et sa grandeur d'âme se constatent à la vie qu'il lui conserve, mais pas seulement.

Il est plus facile de demeurer sur place quand on est blessé, qu'on a sa maison, son jardin, sa vie … que de partir. En cédant tout cela à celui qui l'a formé, le guerrier de la lumière favorise objectivement son maître. Et il montre aussi sa rectitude.

Il accomplit la justice. La victoire n'autorise pas tout, en particulier l'injustice qui consisterait à tout prendre à celui qui a perdu ou est plus faible.

En partant, le guerrier reconnaît l'autorité de son adversaire vaincu sur ce lieu : *Ici est ton domaine*, mais plus sur son âme, ce que manifeste son départ.

Être libre et se réaliser.

Enfin, ce départ est symbolique d'une libération.

Tout homme est invité à dépasser ses peurs s'il veut être vraiment libre et se réaliser. Les grandes peurs de l'homme sont des entraves qui régentent sa vie, la dirigent et la maîtrisent.

Je ne parle pas ici des phobies comme celle des araignées ou celle de prendre l'avion, mais des peurs fondamentales de l'homme : d'être contrôlé par les autres, celle d'être rejeté ou blessé, la peur de manquer de ressource, celle d'être jugé, la peur de souffrir, la peur de l'échec …

L'homme (représenté ici par le guerrier de la lumière), ne pourra être parfaitement libre (manifesté par son départ, à la fin de l'histoire) que s'il affronte ses peurs.

Le guerrier de la lumière doit affronter ce dont il a le plus peur, s'il veut évoluer au meilleur de lui-même et atteindre sa pleine réalisation.

Selon son histoire, l'homme est plus ou moins fragile vis-à-vis d'une (ou de plusieurs) de ces peurs. Le disciple qui en a pris conscience est déjà avancé sur la voie de la libération et peut choisir de les affronter.

Inversement, s'il en est inconscient, le chemin à parcourir sera plus long. car comment combattre et vaincre un adversaire qu'on ne connaît pas et qu'on ne voit pas ! Il faut dans ce cas partir d'abord à la recherche de ses peurs.

Cette démarche nécessite une aide extérieure ou mieux une auto-observation pour qu'elles se dévoilent.

Cette auto-observation n'est pas un jugement, mais une constatation détachée de nos comportements non adaptés ; alors on pourra y remédier.

Cela ne se fera pas du jour au lendemain, mais avec une douce et ferme persévérance, on y arrivera.

Cette étape de la découverte de ses peurs et de leur affrontement est incontournable pour la pleine réalisation du potentiel dormant en chaque homme et je dis même à l'éclosion de sa véritable personnalité.

Telle est, par exemple, l'allégorie du dragon surveillant le trésor. Toutes ces richesses et leurs bénéfices ne seront à nous que lorsque nous aurons affronté le dragon et l'aurons vaincu.

Après ce rude combat, souvent douloureux, s'ouvre alors une ère d'abondance, de paix et de joie pour celui qui a vaincu.

65) Le feu allumé par les enfants ou comment mener à bien n'importe quel projet avec enthousiasme, mesure et persévérance

Le feu est l'image du désir. Ce n'est pas seulement le désir sexuel, mais toutes choses ou états que l'on est profondément motivé à atteindre.

Il existe au commencement du projet un état d'excitation. Celui-ci est manifesté pas la joie des enfants.

L'Homme, inconscient de tout le travail qu'il y aura à accomplir, s'y jette à corps perdu, allant en tous sens ; c'est ce que font les enfants en mettant dans le feu à peu près tout ce qui leur passe sous la main.

Dans cette période d'enthousiasme, il est très actif. Il lit beaucoup de choses, se documente, en parle éventuellement autour de lui, essaye de pratiquer ... Le projet vient de démarrer, c'est le temps de la joie !

Mais l'homme a une nature impatiente. Il voudrait être arrivé avant d'être parti, avoir un corps d'athlète avant de faire du sport, perdre des kilos avant de commencer une hygiène alimentaire, posséder de nouvelles connaissances avant d'avoir étudié, être calme avant de méditer...

Attisé par son désir d'atteindre au plus vite son objectif, il néglige le processus qui y mène, il veut le supprimer. Il ne comprend pas que c'est justement ce temps de processus qui va rendre la transformation future plus stable.

Alors, brûlant les étapes, il veut en faire trop ; c'est ce qui se passe quand la grosse bûche est ajoutée. Au lieu de faire les 5 ou 10 minutes de méditation qui auraient suffi au commencement, on vise une heure, on tient quelques jours. Puis n'ayant pas la force de supporter cette nouvelle contrainte que nous nous sommes imposés à nous même, nous fléchissons sous la charge, le plaisir n'y est plus !

Peu à peu, il s'est changé en contrainte puis en fardeau à porter.

Désabusé, nous abandonnons la charge et le projet s'éteint et meurt. Il laisse dans notre esprit la cendre de ce rêve que nous avions eu quelque temps plus tôt.

Il aurait mieux valu augmenter progressivement nos exigences envers nous-mêmes et nous aurions eu l'entraînement nécessaire pour supporter ce niveau plus élevé de pratique.

Cette histoire est donc une invitation à la patience et à *la méthode kaizen des petits pas* : mieux vaut d'abord faire grandir le feu.

66) La persévérance construit de grandes choses ou comment introduire dans son quotidien de toutes petites routines positives qui feront à la longue de grandes différences, sans effort

L'Homme aime les grands coups d'éclat, les victoires éclatantes. Il sous-estime la puissance des efforts répétés et le bénéfice cumulé qu'elles apportent.

Quatre malheureuses minutes par jour répétées sur un an donnent à la fin de l'année une journée entière ; soit trois grosses journées de huit heures de travail.

Pour avoir incité mes enfants à attendre leur bus, un livre à la main, plutôt que de se perdre dans leur téléphone ou regarder sans but les passants, j'ai obtenu d'eux non seulement la lecture de beaucoup de livres, mais mieux encore, l'amour de la lecture.

Celui qui passe seulement dix minutes par jour à regarder ses messages sur son téléphone ou autre a déjà vu s'évaporer soixante heures de sa vie dans l'année.

Ainsi, dans la vision cumulée, dix minutes valent soixante heures !

L'effet d'amplification qui provient de la puissance de la répétition fonctionne dans les deux sens : à notre bénéfice ou à notre détriment.

Dans l'histoire *la persévérance construit de grandes choses*, c'est à chaque fois dans le bon sens que les choses évoluent (ce livre se veut un livre optimiste et incitatif).

Il y a tout de même deux échelles différentes. La maman oiseau et le paysan d'une part et les bâtisseurs de cathédrales d'autre part.

La maman oiseau n'est pas moins noble que le paysan dans sa construction, même si son nid est plus fragile.

Elle construit une habitation à sa mesure, et ses efforts pour porter les brins et tous les matériaux de construction ne sont pas moins admirables que celui du paysan. Chacun d'eux porte ce qu'il est capable de porter.

Si les deux premiers verront certainement la fin de leur œuvre, il n'en va pas de même de ceux qui ont participé aux débuts de la somptueuse construction religieuse.

Une autre différence de taille est la collaboration nécessaire pour construire la cathédrale qui n'apparaît pas dans celle du nid ou même de la maison.

Pour construire de très grandes choses, il ne faut pas être seul et c'est ce que le guerrier comprend pleinement à la fin du livre avec l'histoire des poissons.

67) Le disciple et le reflet sur le lac
Ou comment trouver l'inspiration

Cette histoire commence le soir. Le jeune homme ne voulait pas que sa visite soit connue des autres villageois. Cette visite nocturne montre la discrétion dont le jeune homme veut recouvrir sa visite.

D'un point de vue spirituel, cela signifie que la recherche de la sagesse ne doit pas se faire avec ostentation, mais dans la discrétion, comme dans la nuit. C'est seulement après ce temps d'introspection que la clarté que nous aurons reçue dans l'ombre du recueillement jaillira en perles de lumière.

Pour l'instant, il faut plonger dans les profondeurs de l'être.

Du point de vue métaphorique, cette nuit est une image de la confusion qui règne dans l'esprit du jeune homme. En rendant visite au guerrier de la lumière, il pressent que celui-ci pourra l'aider à voir plus clair. Celui-ci sera comme une étoile lui indiquant une direction sûre et le guidant dans sa marche.

De fait, aller voir une personne qualifiée pour obtenir des conseils sur une conduite à tenir est une bonne idée. C'est ce que l'on fait sans en prendre conscience en allant voir un médecin quand on est malade ou un dentiste quand on a mal aux dents ou encore un avocat en cas de litige …

Le jeune homme indique l'objet de sa requête ; ce n'est ni l'argent, ni la notoriété, mais la sagesse (*Je voudrai être aussi sage que vous*), ce qui révèle sa grandeur d'âme.

Comment reconnaître un sage ?

Un dialogue s'installe entre les deux hommes. Le guerrier de la lumière lui demande : *Qui donc a dit que j'étais sage* ?

Le guerrier en posant cette question ne répond pas qu'il est effectivement sage et il ne dit pas non plus qu'il ne l'est pas. Il laisse l'affirmation du jeune homme en suspens.

S'il avait répondu qu'il était véritablement sage, cela aurait été au minimum de la prétention et au pire de la folie.

Dans un cas comme dans l'autre, il aurait prouvé qu'il n'est pas celui que l'on prétend.

Aucun sage ne se prêtant l'être, parce qu'il connaît ses limites. Il sait que toute sagesse est relative. Dans un asile de fous, une personne tout à fait dans la moyenne dans le monde apparaît pour les fous enfermés ou suprêmement sage ou complètement folle elle-même.

On pourrait encore comparer la sagesse à la richesse. Une personne qui est millionnaire est riche pour les personnes du commun, mais pour un milliardaire, elle est mille fois moins riche que lui !

Même si les deux paraissent riches à l'homme ordinaire, l'un l'est beaucoup plus que l'autre !

Un homme sage interpelle par ses paroles et ses comportements. Il trace une ligne de division entre les uns et les autres, ce qui provoque des réactions antinomiques : *au village beaucoup le disent et d'autres encore rétorquent que vous êtes fou.*

La frontière entre la folie et la sagesse ou encore le génie peut apparaître mince aux yeux de certains, parce que chacune des deux se trouve à l'extrémité du spectre de la personne humaine et que vu du milieu on les distingue mal l'une de l'autre.

Le guerrier de la lumière lui répond : *parce que certains disent que je suis fou, c'est alors que je suis peut-être sage, car la sagesse parait folie à ceux qui sont enlisés dans le monde.*

Par sa réponse, le maître indique que la vraie sagesse est prise pour folie, par les personnes du commun ; (c'est pour cela que les vrais sages sont rares, ils sont hors-norme).

Le Guerrier de la lumière montre ainsi qu'il est véritablement sage. Sa réponse impressionne d'ailleurs le jeune homme, puisqu'il lui dit : *Je vois que vous êtes un Maître de pensée.* Ce que le guerrier ne contredit pas.

Quel est le prix à payer ?

Le disciple avant de s'engager pleinement, se renseigne sur le prix à payer : *Combien de temps mettrai-je à acquérir la Sagesse ?* C'est là la marque d'un esprit prévoyant.

Le guerrier de la lumière répond : *Cela dépend de toi. Les meilleurs disciples ont mis deux* années, d'autre cinq, d'autres dix et certains encore s'en sont allés avant.

Les disciples qui l'ont précédé, bien qu'ayant tous eu le même maître n'ont pas tous pris le même temps pour atteindre le but visé ; pire certains ont échoué !

Il y a ici une preuve de la sincérité du maître et de son humilité, puisqu'il avoue même « ses échecs ».

La tâche ne fait pas peur au futur disciple. Il est prêt à travailler deux fois plus que le meilleur d'entre eux, pour atteindre plus rapidement son objectif : *Si je travaille deux fois plus fort que le meilleur d'entre eux mettrai-je une année plutôt que deux ?*

Il y a ici une sorte d'aveuglement ou de prétention. Comment savoir si on est capable d'accomplir deux fois plus qu'un homme dont on ne sait rien ! Peut-être travaillait-il- vingt heures par jour ! Pourra-t-on œuvrer quarante heures dans une journée de vingt-quatre ?

Le maître ne va pourtant pas s'arrêter sur ce point somme toute évident. Il va aller sur un autre beaucoup plus caché.

Si dans une vision mécanistique des choses on arrive deux fois plus tôt en allant deux fois plus vite, il n'en va pas de même dans le domaine spirituel.

C'est justement cette précipitation qui s'oppose à la quiétude préalable à l'atteinte de la sagesse. Jamais un esprit agité ne pourra la contempler. C'est ce que le guerrier veut l'amener à comprendre en l'emmenant auprès du lac.

Comment se laisser inspirer ?
Ou les fruits d'une âme calme.

Ce lac est une image de l'âme du disciple. S'il est calme, il reflète le ciel. On peut alors voir à sa surface jusqu'au reflet des moindres étoiles et recueillir leur lumière.

Ainsi, selon le guerrier de la lumière, la sagesse vient du ciel. Il « suffit » de se mettre en état de réceptivité pour la recevoir d'en haut. L'âme doit être comme une toile blanche en attente que Le Peintre Virtuose vienne y déposer son œuvre.

Cet état de réceptivité n'est possible que dans le calme et la quiétude. La sagesse n'est pas la connaissance, bien qu'elle tisse des liens intimes avec elle.

On peut être très érudit, mais ne pas la posséder et à l'inverse, connaître assez peu de choses et être vraiment sage.

Elle n'est pas une chose qui s'acquiert à la force du poignet et à force d'étude.

Cette sagesse-là est comme les fruits que l'on cultive sous serre. Ils ont l'aspect des fruits du verger, mais ils n'en ont pas la saveur.

On les mange, mais ils ne rassasient pas, ils ne comblent pas, tandis que des fruits de la sagesse reçue d'en haut, une seule sentence peut remplir toute une vie !

Bonus

68) Le guerrier de la lumière et le mathématicien

Le guerrier de la lumière décide d'accroître sa logique, car c'est une des formes de l'intelligence et il en a besoin pour sa survie.

Il va voir un vieux sage qui fut autrefois aussi un professeur de mathématique illustre. Il l'interroge :

- Comment puis-je accroître ma logique ?
- Comme toute autre chose, en l'exerçant, lui répond le sage.
- Peux-tu me donner un exemple que je comprenne mieux ?

Le Sage sait que la théorie n'est rien sans la pratique et la mise en application. Il lui soumet ce problème : *Un Capitaine de mer de Chine a sur son bateau 25 chèvres et 15 buffles... Quel est son âge, selon toi ?*

Le guerrier de la lumière reste perplexe ! Comment savoir l'âge du capitaine en connaissant le nombre de bêtes qu'il transporte ? Cela n'a aucun sens !!

Le guerrier se dit qu'il y a peut-être une astuce, que s'il additionne simplement les nombres cela lui donnerait peut-être le bon résultat :

- je dirai qu'il a 40 ans. Cela me semble un nombre plutôt plausible et il résulte de la somme du nombre d'animaux.

- Et si en chemin il perd une chèvre, va-t-il rajeunir d'un an, lui dit avec malice le mathématicien.

- Comment veux-tu que je le sache son âge ! finit par répondre le guerrier, quelque peu agacé, se demandant s'il n'est pas en train de perdre son temps. *Je ne sais pas. Je n'ai pas assez d'informations.*

- Très bien, lui dit le sage alors je t'en donne deux de plus : *les chèvres ont trois ans en moyenne et les buffles huit.*

- Cela ne m'avance pas plus de le savoir ! rétorque le Guerrier.

- Tu m'as pourtant dit que tu n'avais pas assez d'information. Je t'en donne plus, et tu n'es pas content.

- Ce n'est pas celles qu'il me faut !

- Tu auras au moins appris une chose aujourd'hui. Ce n'est pas la quantité d'informations qui t'aidera à résoudre tes problèmes, mais leur

qualité. Reviens me voir demain et nous discuterons.

Le lendemain, après bien des hésitations le guerrier remonte sur la montagne. Cette histoire l'intrigue et il veut tirer les choses au clair. Le vieil homme dit que le problème a une solution ; pourtant lui n'en voit aucune. Le Guerrier pressent tout de même que la clef que va lui donner le sage va lui ouvrir l'esprit.

- *Bonjour à toi,* lance le guerrier à l'homme qui est assis sur sa pierre.

Devant sa cabane, il contemple très haut dans le ciel trois grands aigles qui tournent inlassablement comme les aiguilles d'une horloge bien huilée.

- *Il fera beau aujourd'hui,* répond le sage.

- *Je vois pourtant quelques nuages menaçants !* rétorque le guerrier.

- *Cette espèce d'aigle a son plumage qui n'est pas aussi bien huilé que ceux des canards sauvages. Ils ne volent à cette hauteur que par beau temps. C'est pourquoi je sais qu'il ne pleuvra pas ; leur vol me le dit.*
- *Très bien,* lui dit le guerrier, *je le saurai à l'avenir. Certains de mes chevaux n'aiment ni la pluie, ni la boue et ils me le font savoir*

quand je les sors par ces temps, tandis que d'autres l'apprécient.

Le guerrier se dit en lui-même que la vie est pleine de surprise. En cherchant à résoudre un problème, on en résout parfois un second au moins aussi important que le premier, sinon plus.

Sortant de ses pensées, le Guerrier lance au sage : *Revenons à notre problème de capitaine. Peux-tu me dire son âge ?*
- Non, répond le sage, *mais je peux en revanche te donner un indice et un conseil.*

Voilà qu'il recommence, se dit le Guerrier. Décidément, cet enseignant n'est pas comme les autres. *Pourquoi ne pas donner simplement la réponse !* lança-t-il au mathématicien.

- La curiosité est le ressort de l'apprentissage. Si je te dévoilais trop tôt la solution, tu cesserais de réfléchir par toi-même et de progresser ; je briserais le ressort de ton apprentissage.

Le Guerrier médita un instant sur ce lien entre la curiosité et l'apprentissage. Intéressant se dit-il, il faudrait que je mette ce lien en œuvre dans mes interactions avec mes disciples.
Cet homme obtient des résultats différents, parce qu'il utilise des méthodes différentes. S'il utilisait les mêmes méthodes que tout le monde,

il aurait les mêmes résultats que tout le monde à peu de choses près.

Il reconsidéra donc la situation et se dit que ce qu'il voyait comme une perte de temps d'être tombé sur ce mathématicien un peu étrange était certainement une bénédiction. Ce sont ceux qui ne nous ressemblent pas qui peuvent nous apporter le plus.

- *Je t'écoute,* finit-il par répondre.
- *Bien, le bateau fait 23 mètres de long,* déclare le sage avec un regard malicieux, certain de son petit effet.

Voilà qu'il recommence ! se dit le guerrier.
- *C'est cela ton indice ! Peux-tu me donner le conseil ?*
- *Descends sur le port, peut-être rencontreras-tu ce fameux capitaine !*

Il se moque de moi, pense le guerrier…

Après un instant d'hésitation, il salue le vieil homme tout souriant et s'en va, à vrai dire un peu mécontent d'avoir perdu son temps… enfin le croit-il à ce moment.

- *Reviens me voir avec la réponse,* lance le sage.
- *Rien n'est moins sûr*, répond le guerrier, qui, s'il a malheureusement quelques défauts, s'efforce au moins de ne pas mentir.

Et voici le guerrier qui redescend de la montagne. Arrivé dans la vallée il hésite, que faire : aller sur la droite pour descendre au port ou s'en retourner directement chez lui ?

Il décide finalement de tirer cette histoire au clair et arrive sur les quais. Cela faisait longtemps qu'il n'y était pas venu. Et justement voici qu'un grand bateau est en train de manœuvrer pour entrer dans le port.

Le guerrier remarque l'habileté du capitaine et de son équipage. En quinze minutes les voici attachant leurs amarres au quai. Les matelots s'activent pour faire descendre la cargaison : des tonneaux d'alcool et des sacs de riz. Le Capitaine est sur le pont de son navire regardant ses hommes travailler.

Le guerrier veut en savoir plus sur cet homme. Il s'avance vers le navire et interpelle le capitaine :
- *Je souhaite monter discuter avec vous, est-ce possible, maintenant que la manœuvre est terminée ? Je n'en n'aurai que pour quelques minutes, c'est afin de savoir comment devenir capitaine.*

Le Guerrier sait que les hommes sont par nature méfiants vis-à-vis de leurs congénères surtout quand ce sont des hommes d'influence.

Ils veulent rapidement savoir à qui ils ont affaire et ce qu'on leur veut, c'est pourquoi le Guerrier a donné tant d'explications sur son désir de monter. Clarifier ses intentions en rassure beaucoup et aussi le temps que cela prendra.

- *Montez, mais je ne peux vous accorder que quelques minutes, dix tout au plus, j'ai encore beaucoup de choses à régler.*

Le Guerrier grimpe rapidement à bord. Le voici qui discute avec le capitaine. Et de la discussion jaillit la lumière. Le Guerrier sait maintenant l'âge du capitaine, enfin en quelque sorte. Tout heureux, il redescend et enfourne son destrier, il cravache sa monture dans la joie de la découverte et le voici bientôt de retour auprès du sage.

- *Que me vaut l'honneur d'une deuxième visite la même journée ?* demande l'homme avec une pointe d'espièglerie.
- *Je souhaite discuter avec toi au sujet de l'âge du capitaine.*
- *Viens, nous discuterons autour d'une tasse de thé. Je savais que tu reviendrais.*

- *Voilà, je dirai qu'il a environ trente ans !*
- *Fort bien, je partage ton opinion. Et comment es-tu arrivé à cette déduction ?*

- *Et bien voilà en discutant avec le capitaine, il m'a appris que pour transporter des animaux ou toute autre chose sur un bateau de plus de quinze mètres, il faut un permis spécial. Celui-ci n'est délivré qu'à condition que le détenteur ait plus de 23 ans. Comme le bateau du capitaine en fait vingt, cela exclut qu'il ait moins de 23 ans. Et comme le permis est retiré au-delà de 63 ans, l'âge maximum d'exercice, il a donc obligatoirement entre 23 et 63 ans.*

- *C'est vrai,* lui dit le sage. *Mais sans avoir discuté avec cet homme tu aurais pu le déduire : un enfant ne peut conduire, ni un vieillard. Cela exclut déjà beaucoup de valeurs possibles pour quelqu'un possédant un même un simple permis de marine.*

Le guerrier de la lumière comprend mieux son erreur. À vouloir être trop exact dès la première fois, on risque de rester figé et de ne rien faire, parce qu'on croit manquer d'information. On s'éloigne ainsi parfois doucement du but et on passe à côté de bonnes occasions.

- *Mais pourquoi exactement 30 ans ?* Demande le mathématicien.
- *Et bien l'homme m'a aussi dit que le permis était rarement délivré avant 25 ans. Donc il est peu probable que notre homme ait moins de 25 ans.*

Il a précisé que les marchands préféraient faire confiance aux hommes expérimentés. Il a enfin ajouté qu'il était difficile d'avoir à la fois l'argent pour acheter un bateau et de trouver des clients qui font confiance aux nouveaux venus. Les capitaines bien installés de leur côté avaient le luxe de pouvoir choisir leurs marchands. Et plus le temps passait, moins ils transportaient de bêtes, car c'était toute une histoire. Premièrement elles se lâchaient dans le navire et il était fort pénible de laver tout cela après. Cela immobilisait le navire quelques heures de plus pour le préparer à charger la cargaison suivante, surtout si c'était de la nourriture.

Et puis, les bêtes s'affolaient parfois, surtout quand le temps tournait. Elles se battaient alors entre elles ou même chargeaient les membres d'équipage. Cela avait donné lieu à bien des naufrages. En conséquence, seulement les nouveaux capitaines transportaient encore des bêtes.

En général il fallait 10 ans pour se faire un nom dans ce milieu. Aussi en considérant qu'il avait obtenu sa licence à 25 ans au plus tôt, et qu'à partir de 35 ans il ne transporterait plus de bêtes j'en ai déduit que son âge le plus probable était aux environs de 30 ans.

- *Très bien,* lui dit le sage, *tu as bien raisonné.*

Nous ne savons pas quel âge a en réalité ce capitaine, car nous n'avons pas toutes les informations, mais ce n'est pas parce que nous ne les avons pas toutes que nous ne savons rien pour autant ! Certaines choses sont possibles et d'autres impossibles !

Donc, par la logique, les statistiques ou l'intuition tu pourras distinguer l'une de l'autre. La logique ne te permettra pas toujours d'atteindre la vérité en plein cœur, mais elle te permettra au moins de t'en approcher. Tu seras comme un homme sans ses lunettes qui sans voir parfaitement bien distingue quand même les formes et peut marcher dans la bonne direction.

Pour ce qui est de ton intuition, il faut la travailler et la nourrir en embrassant des situations similaires ou procéder par analogies, ton cerveau inconscient t'apportera la réponse quand tu seras détendu.

Le guerrier posa une question au sage :
- Comment savais-tu que je reviendrais ?

- C'est une vérité statistique. Je m'applique à moi-même les vérités que j'enseigne ; c'est ce qui distingue les Maîtres des réciteurs. Je le savais donc, parce que je connais la loi statistique sous-jacente à ton comportement.

152

Celui qui revient trois fois sur le même problème y revient une quatrième fois. Ceci est vrai dans 90 % des cas… Disons donc que je le savais à 90% …Cette probabilité est largement suffisante pour se faire une opinion !

Le Guerrier en redescendant de la montagne médita sur toutes ses paroles.

Il se disait que leur champ d'application était extrêmement vaste et qu'il prendrait un temps conséquent pour appliquer la sagesse cachée dans ce qu'il avait vécu ; l'âge du Capitaine n'était somme toute que secondaire.

L'essentiel était ailleurs et en particulier devant lui : que ferait-il de tout ce qu'il avait appris ?

69) Un dernier mot

Ce livre est plus profond qu'il n'y paraît de prime abord. C'est pourquoi j'invite le lecteur, avec une douce insistance, à le relire plusieurs fois ; pas obligatoirement de suite, quoique cela ne soit pas une mauvaise idée, mais plutôt à quelques jours, voire à quelques semaines d'intervalle. Sa lecture lui paraîtra changée. Il y verra de nouveaux sens dans ce qu'il avait lu auparavant.

Ce sera souvent un dévoilement qui l'attend. Il lui semblera que certains passages ont été ajoutés, par une main invisible.

Parfois encore, ce sera l'inverse. Une partie, ou un message qui lui semblait important sera revoilé et couvert par un autre !

Que chaque fois, il médite et mieux encore, écrive ces méditations et réflexions, c'est ainsi qu'il tirera le plus grand bénéfice.

D'où vient ce mystère ?

De même que le Soleil (l'intelligence) ne produit pas toujours les mêmes reflets sur la mer (notre âme ou notre vie), j'ai associé les mots, comme un peintre associe les couleurs afin que certains y voient du vert, quand d'autres y voient du bleu, ou encore du jaune à la place du vert ou vice-versa.

Selon sa position, selon l'éclairage (de son âme), il penchera tantôt pour une couleur, tantôt pour une autre. Aucune n'est plus vraie ou moins vraie que l'autre. Les deux sont vraies à l'instant où elles ont été perçues.

Ainsi, comme un peintre usant d'une palette presque infinie, le soleil ne brille pas toujours de manière identique et la mer n'est pas toujours la même, si bien que les reflets changent.

Qu'il soit d'or ou d'argent qu'ils soient plus clairs ou plus sombres, la vie s'écoule et le tableau se modifie. Regardez-le changer, appréciez la beauté de cette création dynamique et profitez du voyage...

70) Invitation

Le lecteur qui le souhaite peut écrire à l'adresse :

leguerrier.delaluz@gmail.com   pour donner ses impressions, ses réflexions et les sentiments qu'ont fait naître en lui ces histoires.

Il peut aussi simplement dire les cinq, six, sept, ... dix histoires qu'il a préférées et pourquoi pas, celle(s) qu'il n'a pas aimé(es).

Il est également invité, s'il le désire, à participer au deuxième opus qui est déjà en préparation, en proposant une ou plusieurs histoire(s) des dessins illustratifs ou simplement une phrase qu'il souhaiterait que le guerrier prononce.

Les noms de ceux qui ont proposé les histoires, les illustrations et les phrases retenues pourront figurer (ou pas, selon leur désir) dans le livre.

Remerciements

Je remercie pour leurs corrections, observations, améliorations, commentaires et conseils : ma mère, Marie-Noëlle AUBRY, ma grand-mère, Ginette SALINIERE, mes enfants, Ludovic, Anthony et Laurence, ma belle-mère, Lucette LEMAIRE, mes tantes, Maryvonne SALINIERE, et Chantal LUCIDE, ma cousine, Olivia SABIN.

Je tiens aussi à remercier tous ceux que je n'ai pas cités et qui, nombreux, ont permis la conception et la réalisation de ce livre par leur soutien, leur bienveillance et leurs encouragements.

Enfin mes pensées se tournent vers les hommes qui m'ont servi de modèle :

Mon père, Guy AUBRY, mon grand-père, Serge SALINIERE, mes oncles, en particulier Frantz SABIN... tous des guerriers de la lumière...

Table des matières